KB147509

브레히트는
이렇게
말했다

마성일 편역

서울대학교 독어독문학과를 졸업하고 동 대학원에서 석사학위를 받았다.
독일 프라이부르크 대학에서 박사과정을 수료했으며, 현재 번역과 연구 활동을 하고 있다.
옮긴 책으로 『사랑한다면 투쟁하라』가 있다.

일러두기

* 이 책은 독일의 브레히트 전집 *Gesammelte Werke in 20 Bänden*(Frankfurt a. M., 1967)에서 글을 발췌하여 새롭게 번역·구성하였다.

* 작품 출처는 '작품명, GW(판본명 약자) 전집 번호/쪽수' 순으로 표기하였고, 작품명이 없는 경우는 작품명을 생략하였다.

Also sprach Brecht

브레히트는
이렇게
말했다

베르톨트 브레히트 Bertolt Brecht

✦

마성일 편역

책읽는
오두막

사랑

7

나는 당신을 사랑했다

Ich liebte Dich.

정치

45

영웅이 필요한 나라는 불행하다

Unglücklich das Land, das Helden nötig hat.

예술

121

암울한 시대에도 노래를 부를 것인가

In den finsteren Zeiten
Wird da auch gesungen werden?

자본

185

나는 거짓을 파는 시장으로 간다

Fahre ich zum Markt, wo Lügen gekauft werden.

삶의 지혜

233

행복은 인간의 권리다

Das Recht des Menschen ist's auf dieser Erden
Da er doch nur kurz lebt, glücklich zu sein.

혁명

305

모순은 희망이다

Die Widersprüche sind unsere Hoffnung.

나는
당신을
사랑했다

Ich liebte Dich.

Also sprach Brecht

약점

당신은 없었다
나는 하나 있었다
나는 당신을 사랑했다.

GW 15 / 223

카우잘라에서 하녀로 일하는 어떤 여자가 어느 농부의 아들과 그렇고 그런 관계를 맺었다. 아이가 태어났는데 남자는 양육비를 부담하지 않으려고 헬싱키의 법원에서 자신이 친부임을 강하게 부인했다. 여자의 엄마는 변호사를 고용했고 변호사는 남자가 군대에서 보낸 편지들을 법원에 증거로 제출했다. 편지를 읽어보면 모든 게 너무 자명해서 남자는 위증죄로 5년 형을 받아야 할 지경이었다. 그러나 판사가 천천히 첫 편지를 읽었을 때, 여자가 판사 앞으로 걸어 나와 편지들을 자신에게 돌려줄 것을 요구했다. 그래서 그녀는 양육비를 받지 못하게 되었다. 사람들이 전하는 바로는 그녀가 편지들을 가지고 지방법원을 나왔을 때 눈물이 강물처럼 흘러내렸다 하고, 그녀의 엄마는 미친 듯이 화를 냈고, 남자는 웃었다고 한다. 사랑이란 게 이런 거다.

푼틸라 씨와 그의 하인 마티, GW 6 / 340

Also sprach Brecht

사람들은 여배우 Z가 불행한 사랑 때문에 자살했다고 말했다. 그러나 코이너 씨는 이렇게 말했다. "그녀는 자기 자신에 대한 사랑 때문에 자살한 겁니다. 그게 아니라도 그 X라는 남자를 사랑했을 리는 없어요. 사랑했다면 그에게 그런 짓을 했을 리가 없지요. 사랑은 받는 것이 아니라 주고자 하는 소망이지요. 사랑이란 다른 사람의 능력을 빌어 무엇인가를 생산해내는 기술입니다. 그걸 위해서는 다른 사람으로부터의 존경과 애정이 필요해요. 그건 항상 얻을 수 있습니다. 사랑받고자 하는 과도한 소망은 진정한 사랑과는 거의 무관합니다. 자기애란 항상 자살적인 요소를 지니고 있지요."

GW 22 / 124

Also sprach Brecht

사랑이란 게 뭡니까? 왜 인간은 사랑을 하는 걸까요?
어떤 사람은 한 사람을 만나고
그를 사랑합니다. 또 어떤 사람은 사랑하길 원해서
맞는 사람을 찾습니다.
이렇듯 어떤 이는 한 사람을 사랑하고 어떤 이는
사랑하는 것을 사랑합니다. 나는 전자를 숙명이라고 부르겠습니다.
뒤의 것은 욕정이지요.

둥근 머리와 뾰족 머리, GW 4 / 75

Also sprach Brecht

오전이면 비어 있는 흔들의자에
때때로 몇 명의 여자들을 둘러앉히고
무심히 바라보다 그들에게 말한다.
내 안에는 너희들이 믿으면 안 되는 사람이 하나 있어.

GW 11 / 120

엄격한 결혼 생활이나 그와 반대로 방만한 성생활에 너무 큰 의미를 부여하는 사람들이 있다. 반면에 정치를 하는 사람들 같은 경우에는 사랑이란 마치 한 잔의 물처럼 그저 우연히, 급한 갈증을 해소해주는 것으로, 이 물 저 물 가리지 않고 마시듯 즐겨야 한다고 생각한다. 이런 견해에 따르면 사랑의 충동은 먹거나 자고 싶은 충동과 매한가지이고 때로는 안락하고, 때로는 귀찮은 것이지만 특별히 심혈을 기울여야 할 사안은 결코 아니다.

그러나 레닌은 사랑이 이런 것일 뿐이라는 견해가 마음에 들지 않았고 사랑에 대해서 이런 식의 표현을 하는 것이 별로 유용하지 않다고 생각했다. 레닌은 거기에 대해서 더 가타부타 말하지 않고 그것을 계속 테마로 삼지 않았지만, 사랑이 한 잔의 물이라는 말에는 그 자리에서 곧바로 강력히 반대했다.

사랑은 정말 이성적인 사람들마저 참을 수 없을 만큼 대단한 것이라고 말들이 많았던 탓이다. 사랑은 우리의 평범한 일상생활에서 완전히 분리되어 우리의 삶 위, 혹은 적어도 우리의 삶 밖에 있는, 마치 그 자체를 따로 떼어 생각해야 하는 것이 되어버렸다.

GW 22/28

Also sprach Brecht

나는 사랑하는 사람과 함께 가겠다.
얼마가 들지 계산하지 않겠다.
좋을지 나쁠지 고민하지 않겠다.
그가 나를 사랑하는지 알려고 하지 않겠다.
나는 사랑하는 사람과 함께 가겠다.

GW 15 / 223

연기

호숫가 나무들 사이 조그만 집 한 채.
지붕에서 연기가 피어오른다.
연기가 없다면
집과 나무들과 호수가
얼마나 적막할까.

GW 12 / 308

브레히트

17

사랑은 두 가지 운명이 지배한다.

한 사람은 사랑받고 다른 한 사람은 사랑한다.

하나는 향유를 얻고 다른 하나는 매를 얻는다.

하나는 받고 다른 하나는 준다.

화끈 얼굴이 달아오르면 너의 얼굴을 감추어라.

얼마나 괴로운지 가슴이 고백하지 못하게 하라!

네가 사랑하는 사람에게 칼을 건네면, 그는 살인한다.

네가 그를 사랑하는 것을 알게 되면, 그는 이득을 챙기려 한다.

투란도트 또는 결백 조작 대회, GW 9 / 177

Also sprach Brecht

우리 엄마는 5월 1일에 죽었다. 한창 봄이 무르익던 때였다. 아랑
곳하지 않고 뻔뻔하게 하늘은 맑았다. (…) 엄마에 대해서 말하자
면 나는 엄마를 내 방식대로 사랑했다. 하지만 엄마는 자기 방식
대로 사랑받기를 원했다.

일지, GW 26 / 116

Also sprach Brecht

K씨는 "만약 당신이 어떤 사람을 사랑한다면 무엇을 하시겠습니까?"라는 질문을 받았다.

"그 사람에 대한 청사진을 만들겠습니다. 그리고 그것과 비슷해지도록 하겠습니다."

"누구 말인가요? 그 청사진이요?"

K씨는 말했다.

"아뇨, 그 사람이요."

GW 23 / 129

Also sprach Brecht

나는 육체적인 쾌락이나 진정한 연애 감정에 대해서 말하려고 하는 게 아니다. 이 두 현상은 어떻게든 이 세상에서 지속될 것이다……. 그러나 사랑은 정말 이와는 별개로 생각해야 한다. 왜냐하면 그것은 생산이기 때문이다. 사랑은 사랑하는 사람과 사랑받는 사람, 그 둘 모두를 변화시킨다. 좋은 쪽으로든 나쁜 쪽으로든…….

메티:전환의 책, GW 18 / 175

마리에 대한 추억

1

푸른 9월 어느 날
어린 자두나무 아래서
나는 그녀를, 그 고요하고 창백한 사랑을
달콤한 꿈인 듯 조용히 품에 안았다.
우리 머리 위 아름다운 여름 하늘에는
구름이 한 점 떠 있었다. 그 구름을 나는 오래 쳐다보았다
아주 하얗고 아득히 높아
내가 다시 올려다보았을 땐 사라지고 없었다.

2

그날 이후 수많은 달, 수많은 세월이
소리 없이 흘러가버렸다.
자두나무들은 아마 베였겠지
그 사랑이 어떻게 되었냐고 그대는 묻고 있는가?

그럼 이렇게 답하겠다. 기억나지 않는다고
물론 그대가 무슨 뜻으로 묻는 건지 안다, 그러나
정말이다, 그녀 얼굴은 끝끝내 생각나지 않는다.   ✦
다만 내가 아는 것은 언젠가 내가 거기에 키스했다는 것뿐

3
그 키스도 구름이 거기 있지 않았더라면
벌써 오래전에 잊었을 것이다
아직도 기억하고 있고 앞으로도 잊지 못할 그 구름은
아주 하얗게 하늘 위에서 내려왔었다.
자두나무들은 여전히 꽃을 피우고 있을지도
그 여자는 일곱 번째 아이를 가지고 있을지도 모른다.
그러나 구름은 잠깐 동안만 피어올랐고
내가 올려다보았을 때 이미 바람에 실려 사라졌다.

GW 11 / 92

Also sprach Brecht

내가 사랑하는 사람이
내게 말했다.
내가 필요하다고.

그래서 나는 조심한다.
걸어가는 길 위를 살피며
빗방울이 나를 죽일까 봐 두려워하면서.

GW 14 / 353

Also sprach Brecht

사랑해서 한 일은 창피할 게 없다.

메티:전환의 책, GW 18 / 193

Also sprach Brecht

사랑하는 이들

커다란 호를 그리며 나는 저 두루미들을 보라!
그들이 하나의 삶에서 다른 삶으로 날아갈 때
더불어 있던 구름들도 같이 따라갔다.

같은 높이, 같은 속도로 나는
그들 둘만 있는 듯 보인다.
어느 한 마리도 여기 더 머무르지 않기를
그들이 잠시 날아가는 아름다운 하늘을
구름과 함께 공유하기를
바람을 타는 짝의 움직임만을 보기를
이렇게 둘은 함께 바람을 느끼며
나란히 난다.

그렇게 바람은 그들을 무(無) 속으로 이끌지도 모른다
둘이 소멸하지 않고 계속 함께 있다면

어떤 것도 그 둘을 건드릴 수 없다

비가 내리거나 총소리가 울리는

모든 곳으로부터 그들을 쫓아낼 수 있다.

그리 다르지 않은 둥근 원반, 태양과 달 아래서

그들은 서로에게 푹 빠진 채 날아간다.

어디로 가지, 너희들은?

아무 곳도 아닌 곳으로

누구로부터 떠나왔지?

모든 이로부터.

그대들은 묻는가, 그들이 얼마 동안 함께 있었냐고?

조금 전부터.

그럼 언제 헤어질 거냐고?

곧

이렇듯 사랑은 사랑하는 사람들에게 하나의 멈춤으로 보인다.

GW 14 / 15

브레히트

내가 좋아하는 것들

아침에 창을 열고 밖을 내다보는 첫 눈길

다시 찾은 옛날 책

감격에 겨운 얼굴들

눈, 바뀌는 계절

신문

개

변증법

샤워, 수영

옛 음악

편한 신발

이해하기

글쓰기, 풀 심기

여행하기

노래하기

친절하기

지금 내 애인은, 아마도 마지막일 내 애인은 내 첫 애인과 닮았다. 내 첫 애인처럼 그녀는 가볍고 쾌활하다. 내 첫 애인처럼 그녀의 깊은 감성은 나를 놀라게 한다. 이 여자들은 운다, 부당하든 부당하지 않든 그저 비난을 받는 것만으로 운다. 이 여자들은 그 누구도 자극할 필요가 없으며, 그 누구에게도 도움이 안 되는 어떤 성적 매력을 가지고 있다. 이 여자들은 누구에게나 잘 보이고 싶어하지만 그렇다고 자기한테 관심을 보이는 아무 남자한테 마음을 주지는 않는다.

지금 내 애인은 옛날 애인처럼 즐거워할 때 가장 사랑스럽다. 그들이 나를 사랑하는지 나는 알 수 없다.

일지, GW 27 / 362

브레히트

Also sprach Brecht

K씨는 어떤 동물을 가장 높이 평가하느냐는 질문에 코끼리라고 대답하면서 이렇게 말했다. "코끼리는 영리함과 힘을 겸비하고 있습니다. 함정을 피하거나 눈에 띄지 않게 먹이를 얻는 얄팍한 영리함이 아니라, 더 큰일을 할 수 있는 힘을 위한 영리함이지요. 코끼리가 지나간 곳에는 커다란 흔적이 남습니다. 그래도 이 동물은 순하고 유머를 알죠. 때로는 좋은 친구이자 좋은 적이기도 합니다. 아주 크고 무겁지만 매우 빠르죠. 그 거대한 몸집에 그의 코는 아주 작은 먹이까지도 날라다 주죠. 호두까지요. 귀도 움직일 수 있습니다. 듣고 싶은 것만 듣죠. 또 아주 오래 살아요. 그리고 잘 어울리기도 하죠. 그것도 코끼리들 하고만 어울리는 게 아니죠. 누구나 그를 좋아하지만 한편으론 두려워해요. 그가 존경을 받기까지 하는 것은 약간 우스운 면이 있긴 하죠. 그는 두꺼운 피부를 가지고 있어요. 칼이 부러질 정도죠. 그렇지만 심성은 여려요.

그는 슬퍼할 줄도 알고 화를 낼 줄도 압니다. 그는 춤추는 걸 좋아해요. 그는 덤불 속에서 죽습니다. 그는 아이들을 사랑하고 다른 작은 동물들을 사랑합니다. 그는 회색이지만 오직 그 큰 덩치 때문에 눈에 띌 뿐이죠. 우리는 그를 먹을 수 없습니다. 그는 일을 잘할 수 있습니다. 그는 마시는 걸 좋아하고 즐거워합니다. 예술에도 얼마간 기여를 합니다. 그는 상아를 주니까요."

GW 23 / 118

Also sprach Brecht

사랑은 통제당하면 떠난다.

메티:전환의 책, GW 18 / 187

Also sprach Brecht

섹스는 지혜를 방해하지 않는다.
그러나 지혜는 섹스를 방해한다.

GW 10 / 714

Also sprach Brecht

나는 고기가 주는 위로를 높이 평가해. 그러나 그걸 약점이라고 운운하는 비겁한 자들을 보면 참을 수가 없어. 단언하건대 즐긴 다는 것은 하나의 업적이야.

갈릴레이의 생애, GW 5 / 254

위대한 사람이 하는 일이라고 다 위대한 것은 아닙니다.
갈릴레이는 맛있는 음식을 즐겨 먹었죠.

갈릴레이의 생애, GW 5 / 201

브
레
히
트

Also sprach Brecht

이제 저 나무 사이로 어두워지는 하늘을 봐. 이게 아무것도 아니
라고 생각해? 그럼 너희 몸 안에는 종교가 없는 거야.

바알, GW 1 / 41

Also sprach Brecht

내게 푸른 하늘과 한 줌의 곡식과 여인의 부드러운 팔과 가고 싶은
곳 어디로나 갈 수 있는 자유를 주시오. 그게 영혼의 안식이라오.

바알, GW 1/55

Also sprach Brecht

섹스의 기술. 이전 시대에서는 상당히 일반적이고 대중적이었던 이 기술은 위대한 발명의 시대의 중국에서는 슬픈 몰락을 경험하게 되는데, 여기에 투이*들의 잘못은 결코 없다. 그들은 이런 몰락을 지연시키기 위해 할 수 있는 것은 다했다. 10년도 안 되는 기간 동안 이 주제를 다룬 책이 두 권이나 나왔다.

로레**의 소설은 어느 귀부인이 산지기에게 자신을 내맡김으로써 오랫동안 맛볼 수 없었던 기쁨을 어떻게 다시 찾게 되었는지 거리낌 없이 서술했다. 이 남자는 정신적으로는 깊이가 있지만 읽은 것이 하나도 없었고 식사 예절이라고는 전혀 모르는 짐승 같은 존재로 묘사된다. 이 책은 '과연 아무것도 읽지 않아도 여자들을 만족시킬 수 있는가'라는 질문을 던졌다.

학자 반에베는 『74가지 섹스의 자세』라는 저서를 통해 로레와는 다른 길을 보여주었다. 거기서 그는 보잘것없는 평범한 남자에게 섹스의 교본을 제공하려고 했다. 그의 견해에 따르면 이 책이 제시하는 74가지의 체위를 열심히 공부함으로써 초심자는 틀림없이 대단한 고수의 경지에 다다를 수 있었다. 이 책은 가장 기초적인, 누구나 쉽게 따라 할 수 있는 체위부터 복잡하고 상당히 기억하기 어려운 체위까지를 다룬다. 이 책의 모토는 이런 것이었다. '천재는 땀이다.'

*지식인을 의미하며, 그들을 비웃기 위해 브레히트가 만든 말.
**데이비드 로렌스.

투이 소설, GW 17 / 145

Also sprach Brecht

나는 팀북투를 원한다. 그리고 아이 하나, 집 하나, 또 그 집에는
문이 없어야 하고, 침대에 혼자 있기를 원한다. 그리고 한 여자와
침대에 있고 싶다. 나는 나무에서 사과를 원하고, 목재를 원하고,
도끼질을 안 해도 되기를 원하고, 내 창문 앞 바짝 가까이에 꽃과
사과와 잎사귀가 가득 달린 나무를 원한다. 그리고 거기에 거름
을 줄 하인도 원한다.

일지, GW 26 / 194

Also sprach Brecht

인간들의 행복해지려는 욕구를 말살하는 것은 불가능하다.

GW 23 / 242

Also sprach Brecht

사랑은 싱싱할 때는 맛있지만 즙을 다 빨고 나면 뱉어야 하는 코
코넛과도 같아. 과육만 남게 되면 그 맛은 씁쓸해.

바알, GW 1/29

사람들 입에 오르내리는 여자의 아름다움은 그 여자를 너무 비싸게 혹은 싸게 만든다. 진정한 아름다움은 그것을 이용할 때 사람들이 느끼는 어떤 것이다.

GW 19 / 306

영웅이
필요한
나라는
불행하다

Unglücklich das Land, das Helden nötig hat.

Also sprach Brecht

난 모든 사람들에게서 그들의 가장 못된 모습을 상정한다. 나 자신에 대해서도. 그리고 그 모습은 여태껏 별로 틀린 적이 없다.

일지, GW 26 / 196

Also sprach Brecht

K씨는 두 연극인이 일하는 방식에 대한 질문을 받고 다음과 같이 둘을 비교했다.

"나는 교통 규칙을 잘 알고 지키며 그것을 자신을 위해 이용할 줄 아는 한 운전자를 알고 있습니다. 그는 잽싸게 앞으로 치고 나갔다가 엔진에 무리가 가지 않게 다시 정상 속도로 돌아오는 일을 능숙하게 해내지요. 그렇게 그 사람은 조심스럽고도 대담하게 다른 차 사이에서 자기 길을 갑니다.

또 내가 아는 다른 운전자는 다른 식으로 차를 몰지요. 그는 자기가 가야 할 길뿐만 아니라 전체 교통 흐름에 관심을 갖고 자신을 전체의 일부로 느끼지요. 그는 자기 권리만을 주장하지 않고 개인적으로 특별히 튀는 짓을 하지 않습니다. 그는 자기 앞차와 뒤차와 함께 운전한다는 정신으로, 모든 차와 보행자들까지 함께 앞으로 나아간다는 것에 항상 흡족해하면서 운전을 하지요."

GW 22 / 135

이 모든 일이 왜 일어났는지, 그 원인을 찾는 역사학자는 숙명론
자가 된다.

일지, GW 26 / 312

Also sprach Brecht

권력은 극도의 위기 상황에서만 대중을 장악할 수 있다. 그것은
인간이 극도의 위기 상황에서만 생각한다는 사실과 관련 있다.
물이 목까지 차올라야 생각하는 것이다. 사람들은 혼란을 두려워
한다.

피난민의 대화, GW 18 / 281

Also sprach Brecht

잔혹한 폭력과 그에 못지않은 잔혹한 이념, 점점 커져만 가는 야만에 휩싸인 이 세상을 아주 빠르게 뒤덮으며 자라는 암흑 속에서, 아마도 지금까지의 어떤 전쟁보다 더 크고 더 끔찍한 전쟁으로 치닫는 이때, 새로운 시대나 행복한 시대의 문턱에 서 있는 사람에 걸맞은 태도를 취하기란 어렵다. 이미 모든 것들이, 곧 밤이 올 것이고 새로운 시대는 시작되지 않을 거라고 암시하고 있지 않은가? (…) 아침과 밤에 관한 이미지는 착각을 불러일으킨다. 행복한 시대는 밤을 지새면 아침이 오듯이 오지 않는다.

GW 24 / 236

Also sprach Brecht

너에게 산이었던 것을
그들은 갈아엎었다
그리고 너의 계곡을
그들은 덮어버렸다
너를 밟고
편안한 길이 뚫린다.

GW 14 / 200

Also sprach Brecht

상어로부터 도망쳤고
호랑이를 죽였는데
이한테 다 뜯어 먹혔다.

GW 15 / 178

프로이센 군대에 다음과 같은 군령이 있었다. 한 병사가 부당한 일을 당해서 그것을 제소하려면 하룻밤이 지나야 한다.

즉결 처형 때 쓰는 총들 중에서 한 자루에는 공포탄을 장전해두어서 총살에 참여했던 병사들은 자신이 실탄을 쐈는지 안 쐈는지 알 수 없었다.

GW 21 / 370

Also sprach Brecht

거장들은 암울하고 피비린내 나는 시대에 살았다.
그들은 가장 쾌활하고 가장 믿음직한 사람들이었다.

메티:전환의 책, GW 18 / 110

Also sprach Brecht

보라, 이 한 쌍의 형제를
형제의 나라를 빼앗는 싸움에서 탱크를 몰았던.
코끼리에게 가장 잔인한 것은 오직
그의 형제, 길들여진 코끼리이다.

GW 12 / 238

Also sprach Brecht

전쟁이 끝났을 때 사방이 아주 조용해져서 사람들은 사람의 목소리보다 큰 소리는 없다는 말을 듣게 되었다.

GW 15 / 160

Also sprach Brecht

사람들은 흔히 아첨에 타고난 재능이 있어야 하는 것인지 묻는다. 그러나 이 질문은 굳이 할 필요가 없다. 왜냐하면 그런 선천적인 재능이 존재한다면, 우리는 우리가 생각하는 것보다 음악 재능과 같은 재능들을 훨씬 자주 접할 수 있을 것이다. 우리는 좀처럼 음악성을 접하기 어려운데, 그것은 음악에 대한 감이 교육을 통해 계발되기보다는 말살되기 때문이다. 이에 반해 아첨은 그 반대의 경우에 속하기 때문에 훨씬 빈번하게 접할 수 있다. 아첨은 아주 어린 시절부터 장려되어왔다. ('침'*은 우리가 젖을 떼고 나서 바로 다음에 먹는, 인간의 제2의 양식이라고 할 수도 있다.) 그것은 선생들에게도 기쁨을 주는데, 아무리 말도 안 되는 미숙한 아첨이라고 할지라도 짜증을 내는 사람은 별로 없다. 발전은 대부분 폭풍과도 같은 것이고 배고픔을 통해서라기보다는 식욕을 통해서 촉진된다. (…) 아첨꾼들의 혀는 대단히 섬세하면서도 거칠어야 한다. 그야말로 땅바닥에 흘러내린 가느다란 물자국도 핥을 수 있는 능력이 필요하다. 역사에서는 크게 번영했던 곳이 아첨꾼들의 혀 때문에 완전히 몰락해버린 사례들로 가득하다.

*독일어로 아첨(Speichelleckerei)은 '침을 핥는 일'이라는 의미.

투이 소설, GW 17 / 142

Also sprach Brecht

인간관계의 지진이 없다면 인류는 굳이 베드로의 바위를 필요로 하지 않을 것이다.

GW 22 / 28

재앙의 구경꾼들은 재앙을 겪은 당사자들이 재앙으로부터 무엇인가 배울 것이라고 기대하지만 이것은 틀렸다. 대중이 정치의 대상인 한, 대중은 그들에게 일어난 일을 하나의 실험이 아니라 운명이라고 본다. 그들은 실험용 토끼가 생물학에 대해서 배우는 것만큼이나 재앙에서 배우는 게 없다.

GW 24 / 264

브레히트

Also sprach Brecht

나는 캄파니아 농부의 아들로 태어나 자랐습니다. 그들은 단순한 사람들이죠. 올리브 나무에 대해서는 모르는 게 없지만 그 외에는 아는 게 없어요. 금성의 주기를 관찰하고 있는데, 내 눈앞에는 부모님의 모습이 떠오릅니다. 제 누이동생과 함께 부엌 화덕가에 앉아 치즈로 식사를 하고 있는 모습이죠. 그들 머리 위에 수백 년 동안 연기에 그을려 새까맣게 된 대들보도 보이고, 노동으로 망가진 부모님의 늙은 손과 그 손이 쥐고 있는 숟가락도 분명히 떠오릅니다. 그들의 형편은 좋지 않았지만 그 불행 속에도 눈에 보이지 않는 어떤 질서가 있었죠. 거기에는 바닥 청소에서부터 올리브 밭의 계절 변화, 세금을 내는 주기까지 일정한 주기가 여럿 있었죠. 그들에게 닥치는 불행도 규칙적이었죠. 아버지의 등은 갑자기 휘는 게 아니라 매년 봄이 되면 더 휘었고, 어머니를 점점 더 여성에서 멀어지게 만들었던 출산도 정해진 간격을 두고 일어났죠.

그들은 땀을 뚝뚝 흘리며 돌투성이의 길 위로 바구니를 끌어올리는 데, 아이를 낳는 데, 그래요, 먹는 데 필요한 힘을, 영원히 지속

되는, 반드시 필요하다는 어떤 느낌에서 얻었어요. 땅을 보면, 해마다 새롭게 푸르러지는 나무를 보면, 성당을 보면, 그리고 주일마다 성경 구절을 들으면 그 느낌이 생겼죠. 하느님의 눈이 그들을 보고 있다, 감시하면서, 거의 불안해하면서, 그리고 그들을 둘러싼 인생극장 전체가, 연기하고 있는 그들을 위해, 작은 역할이든 큰 역할이든 훌륭히 해내는 걸 보기 위해 마련되어 있다, 그게 확실하다, 이런 말을 들었죠. 그런데 제가 이렇게 말한다면 부모님은 뭐라고 하실까요? 그들이 어느 작은 바위 위에 있고 그 바위는 텅 빈 공간에서 다른 별의 주위를 끊임없이 돌고 있고, 그건 수많은 바위들 중 하나일 뿐이고 별로 대단할 것도 없는 거라고. 그럼 도대체 왜 그렇게 인내해야 하고 가난을 수긍해야 할까요?

땀, 인내, 굶주림, 굴종, 그 모든 것을 설명하고 그것들이 반드시 필요하다고 했던 성경. 그런데 그게 오류투성이라는 말을 듣는다면 그런 성경을 이제 어디에 써야 할까요? 아니, 내게는 보여요, 그들의 눈빛에 자신이 없어지는 걸, 그들이 숟가락을 부뚜막에

브레히트

내려놓는 것을, 내게는 보여요, 그들이 배신당하고 속았다고 느끼는 것을. 그들은 이렇게 말하지 않을까요? '그래, 아무도 우리를 보고 있지 않단 말이지. 이렇게 배운 것 없고, 늙고 힘이 빠진 이 꼬락서니 그대로 우리가 스스로를 알아서 챙겨야 한단 말이지. 전혀 독립적이지도 않고 그 주위를 도는 것은 아무것도 없는 이 지극히 작은 별 위에서 우리는 이 비천하고 웃기는 역할을 할 뿐이고, 우리에게 어떤 다른 역할을 점지한 사람은 없단 말이지. 우리가 이렇게 비참하게 사는 것에는 아무런 의미도 없고, 굶주림은 시련을 견디는 것이 아니라 단지 먹지 못하는 것에 불과하고, 힘든 노동은 업적이 아니라 그저 허리를 굽히고 짐을 끄는 거란 말이지.' 이해하시겠어요? 제가 추기경 회의가 내린 교서에서 어떤 숭고한 모성적 연민, 어떤 영혼의 자비심 같은 것을 읽게 되는 것을요?

갈릴레이의 생애, GW 5 / 243

크리스티안 7세는 하녀와 결혼했다. 그가 지방으로 여행을 가면 가장 낮은 계급의 귀족들까지도 그녀를 인정하지 않는 태도를 취했다. 그래서 그녀의 삶은 참 고달팠다. 그러나 그녀에게 그보다 더 견디기 어려웠던 것은 크리스티안 왕이 식사를 할 때 그리고 평상시에도 농부처럼 행동했다는 것이다.

GW 19 / 343

브레히트

Also sprach Brecht

세상을 뜯어고치겠다는 놈들은 정말 역겨워. 아직도 기억하고 있는데 어느 날인가 신문에 한 기사가 대문짝만 하게 났지. 빈민가는 인간적인 삶에 합당하지 않은 거주지이고 위생적이지 못하고, 어쩌고저쩌고. 그래서 한 구역 전체를 다 철거하고 주민들을 타인강 스톡톤에 있는 멋지고 튼튼하고 위생적인 주택으로 이주시켰지. 그런데 5년 후에 많은 조사를 철저히 실시하고 통계 자료를 비교했더니 슬럼가의 사망률은 2퍼센트였는데 새 주택가에서는 2.6퍼센트가 나온 거야. 그들은 꽤나 놀랐지. 내막은 단순해. 새 주택은 가구당 가격이 4에서 8실링 정도 비쌌던 거야. 그래서 주민들은 식품비를 아껴야 했던 거지. 세상 개혁가들과 인류의 구원자들은 이런 것은 생각도 못 했었지.

서푼짜리 소설, GW 16 / 309

Also sprach Brecht

어떤 사람들은 온다는 약속을 해놓고 백 번이면 백 번 다 온다. 그럴 때마다 우리는 놀란다. 어떤 사람들은 온다는 약속을 해놓고 백 번이면 백 번 다 안 온다. 그리고 우리는 그럴 때마다 놀란다. 왜 그럴까?

GW 22 / 28

Also sprach Brecht

오늘날의 인간은 자신의 삶을 지배하고 있는 법칙에 대해 아는 것이 너무 없다. 사회적 존재로서 그는 대개 감정적으로 반응한다. 게다가 이 감정적인 반응마저도 불명료하고 두루뭉술하고 비효과적이다. 인간의 감정과 욕망의 원천은 지식의 원천과 마찬가지로 진흙투성이가 되어 더러워졌다.

오늘날의 인간은 급속히 변하는 세상에 맞춰 자신을 변화시키며 살고 있으면서도, 이 세상에 대한, 또 그것을 바탕으로 성공을 위해 행동할 수 있는 적확한 그림을 그리지 못하고 있다. 공동체에 대한 인간의 생각은 비뚤어져 있고 부정확하며 모순적이기에 그가 그리는 그림을 실제로 사용할 수는 없다. 다르게 표현한다면, 인간 세계에 대한 잘못된 그림을 가지고는 인간이 이 세계를 지배할 수 없다.

그는 자신이 무엇에 의존하고 있는지 알지도 못하고, 자신이 원하는 효과를 얻기 위해서 어떤 사회 제도에, 어떻게 손을 대야 할지도 모른다. 사물의 성질에 대한 지식이 아무리 대단하고 기막히게

심화되어 증폭된다고 해도, 인간의 본성에 관한 지식과 총체적인 인간 사회에 대한 지식 없이는 자연을 지배해도 이를 행복의 원천으로 만들 수 없다. 오히려 불행의 원천이 될 것이다. 그래서 위대한 발견과 발명들이 인간에 대한 또 하나의 끔찍한 위협이 되고, 그 결과 오늘날 대부분의 새로운 발명이 승리의 환호성으로 시작해서 공포의 외침으로 끝나는 일이 벌어지는 것이다.

GW 22 / 548

브레히트

Also sprach Brecht

이런 사람들이 있다. 다른 사람들이 뭘 느끼는지 전혀 감정이입을 하지 못하고, 팩트를 무시하고, 주위 환경과 상황을 전혀 고려하지 않고 자기만의 생각을 말하는 사람들. 그런 사람들은 소위 '지도자'로 타고난 사람들이다.

서푼짜리 소설, GW 16 / 43

Also sprach Brecht

독재자들은 진실을 들을 기회가 거의 없다.

일지, GW 26 / 232

Also sprach Brecht

'생각하는 사람'인 코이너 씨가 여러 사람이 모인 넓은 홀에서 폭력에 반대한다는 연설을 했을 때였다. 그는 자기 앞에 있던 사람들이 뒷걸음질을 치면서 몸을 피하는 걸 알아차렸다. 무슨 일인지 주위를 둘러보다가 자기 등 뒤에 폭력이 와 있는 걸 알았다.

"너 지금 무슨 말을 한 거지?" 폭력이 묻자, 코이너 씨가 대답했다.

"폭력을 지지한다고 했습니다."

코이너 씨가 물러나 돌아오자 그의 제자들이 그에게 대체 줏대*가 있는지 없는지 물었다. 코이너 씨는 이렇게 답했다. "난 얻어맞아 부러져야 하는 그런 줏대는 없어. 난 폭력보다 오래 살아남아야 하거든."

그리고 코이너 씨는 다음과 같은 이야기를 들려주었다.

불법이 지배하던 시대, '싫어'라고 말하는 것을 배우게 된 에게 씨의 집에 어느 날인가 한 기관원이 찾아왔다. 그는 그 도시를 지배하던 자들의 이름으로 발행된 증명서를 내보였다. 거기에는 그가 발을 들여놓는 모든 집은 그의 집이 되고 그가 요구하는 음식은 무엇이든지 차려 내어야 하며 그가 지목하는 사람은 누구든지 그의 시중을 들어야 한다고 적혀 있었다. 그 기관원은 의자에 앉아 식사를 내오라 명령하고 씻은 다음 드러누워 잠들기 전 얼굴을 벽 쪽으로 향한 채 물었다. "내 시중을 들겠나?"

에게 씨는 그에게 이불을 덮어주고 파리를 쫓아주고 그의 잠자리를 보살펴주었다. 그리고 이날부터 7년 동안 그의 명령에 복종했다. 그러나 단 한 가지만은 복종하지 않았다. 그건 어떤 한마디 말을 하는 것이었다. 그렇게 7년이 지나 그 기관원은 그저 먹고 잠자고 명령만 하다가 뚱뚱해져 결국 죽고 말았다. 그러자 에게 씨는 그를 헌 이불에 둘둘 말아 집 밖으로 끌어내고 그가 있던 곳을 씻어내고 벽에 새 칠을 한 다음, 한숨을 내쉬면서 대답했다. "싫어."

*독일어로 줏대(Rückgrad)는 허리뼈라는 의미.

사람을 죽이는 방법은 여러 가지다. 칼로 배를 찌를 수도 있고, 밥줄을 빼앗을 수도 있고, 병을 안 고쳐줄 수도 있고, 사람이 살지 못할 끔찍한 집에 살게 할 수도 있고, 죽도록 일을 시킬 수도 있고, 자살을 하게 몰아갈 수도 있고, 전쟁에 나가게 하는 등 많은 방법이 있다. 우리나라에서는 그런 방법들 중 몇 가지가 금지되어 있을 뿐이다.

메티:전환의 책, GW 18 / 90

Also sprach Brecht

정치는 일반적인 사업과 닮은꼴이다. 작은 빚은 권장할 만하지 않다. 그러나 커다란 빚이면 얘기가 달라진다. 정말 커다란 빚을 지고 있는 사람은 존경을 받는다. 그의 빚을 걱정해서 떨고 있는 사람은 그가 아니라 채권자들이다. 그가 빚을 갚도록 하기 위해 서는 그에게 더 커다란 사업을 몰아줘야 한다. 또 그의 기분이 상 하지 않게 해줘야 한다. 그렇지 않으면 그가 절망해서, '너 죽고 나 죽자'는 식으로 다 끌고 들어갈지 모르기 때문이다. 게다가 그 를 혼자 내버려둬서는 안 되며 계속 만나줘야 한다. 왜냐하면 그 에게 늘 경고를 해야 하기 때문이다. 간단히 말하자면, 그는 하나 의 권력이다.

시저의 사업, GW 17 / 307

브
레
히
트

Also sprach Brecht

유권자들에게 그들이 어떤 상황에 처해 있는지 알지 못하게 함으로써 자유롭게 자신들의 부자유를 선택하게 만드는 것은 부르주아지들의 오래된 속임수다. 자신의 길을 선택하기 위해서 필요한 것은 지식이다. 악보를 읽는 법도, 피아노를 치는 법도 배울 수 없었던 사람에게 아무 건반이나 두드려보라는 선택의 자유를 주면 어떤 결과가 나오겠는가?

GW 23 / 272

Also sprach Brecht

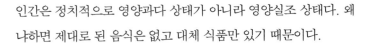

인간은 정치적으로 영양과다 상태가 아니라 영양실조 상태다. 왜
냐하면 제대로 된 음식은 없고 대체 식품만 있기 때문이다.

GW 23 / 157

정치야 어찌 됐건 궁극적으로는 결국 무기가 결정을 내린다. 정치가들이 아니라 장군들이 결정하게 될 것이다.

시저의 사업, GW 17 / 341

일반적으로 우리 같은 서민들에겐 승리고 패배고 다 혹독한 대가를 요구해. 가장 최선은 정치가 아무 일도 하지 않고 제자리에 머물러 있는 거지.

억척어멈과 그의 자식들, GW 6/35

책 읽는 어느 노동자의 의문

일곱 개 성문이 있다는 테베를 세운 사람은 누구였나?
책 속에는 왕들의 이름이 나와 있다
왕들이 돌덩이를 날랐나?
몇 차례나 파괴되었던 바빌론
그때마다 그걸 다시 세운 사람은 누구였지? 노가다들은
황금이 넘쳐나던 리마에서 어떤 집에 살았나?
만리장성이 완성되던 날 저녁, 어디로들 갔을까
미장이들은? 위대한 로마엔
개선문이 넘친다. 그건 누가 세웠나? 누구를
이겼나, 시저의 군대는? 노래에 수없이 나오는 비잔틴에는
주민들을 위한 집이 왕궁뿐이었나? 전설적인 아틀란티스를
바다가 집어삼켰던 밤에도
물에 빠져 죽으면서 사람들은 울부짖으며 노예들을 찾았다.

젊은 알렉산더 대왕은 인도를 정복했다.
혼자서?
시저는 갈리아를 쳤다.
요리사라도 한 명 있지 않았을까?
스페인의 무적함대가 괴멸됐을 때
펠리페 왕은 울었다.
그만 울었을까?
프리드리히 2세는 7년 전쟁에서 승리했다.
혼자서만 승리했었나?

한 페이지 넘길 때마다 승리의 이야기
누가 그 축하 잔치를 차렸나?
십 년이 멀다 하고 나오는 위대한 인물들
누가 그 비용을 댔나?

이 많은 역사.
이 많은 질문들.

GW 12 / 33

브
레
히
트

Also sprach Brecht

볼셰비키당이 근본적으로 혁신되었다는 것은 헛소리다. 당이 변하지 않았다는 게 오히려 불행이다. 정권을 잡은 지 20여 년이 지난 지금에도 당에게는 러시아 민중이 모든 것을 움직이는 지렛대이다. 아직도 정부가 민중, 대중, 프롤레타리아를 대신해 결정한다.

일지, GW 26 / 348

Also sprach Brecht

해결책[*]

6월 17일 인민 봉기가 일어난 뒤

작가 연맹 서기장은 스탈린 거리에서

전단을 돌리도록 했다

그 전단에는, 인민들이 어리석게도

정부의 신뢰를 잃어버렸으니

오직 배가된 노동을 통해서만

그 신뢰를 되찾을 수 있다고 씌어 있었다. 그렇다면 차라리

정부가 인민을 해산해버리고

새 인민을 뽑는 것이

더 간단하지 않을까?

[*]1953년 6월 17일 동베를린에서 일어난 인민 봉기와 그에 대한 동독 정부의 억압적 조치에 대한 시.

GW 15 / 63

브레히트

Also sprach Brecht

히틀러는 쿠데타가 아니라 합법적인 방법으로 정권을 잡았다. 그의 나치당은 모든 정당 중에 제1당이 되었고 그는 합법적으로 정부를 구성할 수 있었다. 사람들은 혼란에 빠졌다. 많은 사람들이 민주주의를 말살하겠다는 그 사람에게 투표했다. 그리고 특정 정당에 만족하지 못하는 많은 사람들이 생겨났다. 기존 정당 말이다. 그 사람들은 히틀러의 정당을 이제껏 없었던 정당으로 즉, 아직 실패하지 않은 정당으로 봤다. 자기 털을 깎아주고 사료를 주고 보살펴주는 사람에게 만족할 수 없었던 송아지들이 이제 도살자를 시험해보기로 결심했던 것이다.

GW 22 / 337

칼로만 민중을 착취할 수 있는 게 아니다, 거기 필요한 것은 도덕이다. 도덕은 칼에 칠하는 일종의 기름이다. 그렇지 않으면 칼에 녹이 슨다.

투이 소설, GW 17 / 30

Also sprach Brecht

"만약 상어가 사람이라면 상어가 작은 물고기들에게 더 잘해줄까요?" K씨에게 주인집 여자의 딸아이가 물었다. 그는 "물론이지" 하고 대답했다. "상어가 사람이라면 작은 물고기들을 위해 바닷속에 거대한 우리를 짓도록 할 거야. 그 안에는 식물은 물론 동물까지 포함한 온갖 종류의 먹이를 넣어놓겠지. 상어들은 그 우리 안의 물이 항상 신선하게 유지되도록 할 것이고 온갖 위생 관리를 할 거야. 가령 작은 물고기 한 마리가 지느러미를 다칠 경우 즉시 붕대를 감아주겠지. 잡아먹기 전에 때 이르게 죽어나가면 안 되니까 말이야. 작은 물고기들이 우울증에 걸리지 않도록 가끔씩 커다란 수중 축제가 열리기도 할 거야. 우울한 물고기보다는 기분 좋은 물고기가 맛이 좋거든.

그 커다란 우리 안에는 물론 학교도 있겠지. 이 학교에서 작은 물고기들은 상어의 아가리 속으로 헤엄쳐 들어가는 법을 배우게 될 거야. 또 거기서는 지리 공부도 필요하겠지. 어딘가에 빈둥거리며 누워 있는 커다란 상어를 찾는 데 필요할 테니까. 물론 가장 중요한 일은 물고기들의 도덕 교육이겠지. 작은 물고기에겐 기쁘게 자신의 몸을 바치는 것이 가장 위대하고 아름다운 일이라는 것을 가르치고, 상어들이 아름다운 미래를 보장해주겠다는 말을 할 때면 더욱더 그들의 말을 믿어야만 한다고 가르치겠지. 물고기들은 복종하는 법을 배울 때에만 이런 미래가 보장된다는 걸 교육받게 될 거야. 물고기들은 저속하고 유물론적이고 이기적이고 마르크스주의적인 그 모든 경향을 조심해야 하고 그들 중 누구 하나가 그런 경향을 드러낼 때면 즉시 상어에게 알려야 한다고 배우겠지.

상어가 사람이라면 물론 그들끼리 전쟁도 하겠지. 다른 상어들의 우리와 물고기들을 빼앗기 위해서. 상어들은 그 전쟁을 자신들의 물고기들끼리 하도록 시키겠지. 상어들은 물고기들에게 그들과 다른 상어들의 물고기들 사이에는 엄청난 차이가 있다고 가르칠 거야. 상어들은, 다 알고 있다시피 물고기들이 말을 할 수는 없지만 서로 언어가 달라 침묵하고 있기 때문에 서로 의사소통하는

건 불가능하다고 선포할 거야. 전쟁에서 몇 마리 다른 물고기들, 그러니까 말이 달라 침묵하는 적군 물고기를 죽인 물고기에게 상어들은 해초로 만든 작은 훈장을 걸어주고 영웅 칭호를 수여할 거야.

상어가 사람이라면 그들에게도 물론 예술이 있을 거야. 상어의 이빨을 화려한 색으로 칠하고, 상어의 아가리를 신 나게 뛰어놀 수 있는 완벽한 놀이공원으로 묘사한 멋진 그림들이 있겠지. 바다 밑 극장에서는 영웅적인 물고기들이 감격에 겨워 상어 아가리 속으로 헤엄쳐 들어가는 연극이 상연되고, 음악은 너무도 아름다워서 물고기들은 음악이 울리는 가운데 악대를 앞세우고 꿈에 취한 듯, 아주 행복한 생각에 젖어 상어의 아가리 속으로 떼 지어 들어갈 거야.

상어가 사람이라면 또 그 세상에는 종교도 있겠지. 그 종교는 상어들의 배 속에서야 비로소 제대로 된 삶이 시작되는 거라고 가르칠 거야. 또 하나, 상어가 사람이라면 지금처럼 모든 물고기들이 평등하지는 않을 거야. 그들 중 일부는 관직을 얻게 되고 다른 물고기들 윗자리에 앉게 되겠지. 얼마간 커다란 물고기들은 작은 놈들을 잡아먹어도 괜찮다는 허락까지 받을 수 있겠지. 그건 상어들에게 나쁠 게 하나도 없어. 자신들은 자주, 더 큰 먹이를 먹을 수 있게 될 테니까. 그리고 직위를 가진 좀 더 큰 물고기들은 물고기들 사이에 질서가 유지되도록 살필 것이고 교사나 장교, 물고기 우리 전문 설비사 등등이 되겠지. 한마디로 상어가 사람이라면 바닷속에는 비로소 문화가 존재하게 될 거야."

GW 22 / 126

Also sprach Brecht

영웅이 없는 나라는 불행하다!

(…)

아니, 영웅이 필요한 나라는 불행하다.

갈릴레이의 생애, GW 5 / 274

Also sprach Brecht

경제는 전쟁을 불러온다. 그러나 정치는 그걸 막아야 한다. 외교
는 방어적이지만, 경제는 공격적이다.

투이 소설, GW 17 / 37

Also sprach Brecht

폭탄은 용기가 필요 없다.

일지, GW 26 / 374

정권을 탈취한 도당들에 의해 한 제국이 파멸로 끌려 들어갈 때 그 끝을 예언하는 사람들은 다음과 같은 이유로 사람들의 믿음을 얻지 못한다. 거대한 제국은 그 크기 자체로, 말하자면 '지속적인' 어떤 것을 가지고 있다. 소소한 삶들은 익숙한 방식으로 지속된다. 빵 굽는 사람은 빵을 팔고, 책이 인쇄되고, 신문도 나오고, 결혼도 하고, 죽은 이의 장사도 지내고, 집도 짓는다. 이 모든 행위에는 아직 이성이 활동하고 있다. 그러기에 관찰자는 거기에 대한 특별한 설명을 붙이지 않고, 이 거대한 이성의 합이, 이런 소소하고 미약한 행동이, 그나마 지배자들의 광기의 행진에 대항할 수 있지 않을까 희망하는 것이다. 이 광기의 행렬은 이로부터 가능성, 굳이 이런 말로 표현하자면 이성이라는 겉모습을 띠게 된다.

메티:전환의 책, GW 18 / 121

Also sprach Brecht

간간히 나는 부르주아 사회가 그들에게 크게 방해가 되지 않겠거
니 해서 허락해준 몇 개의 자유를 누렸다. 가령 내가 "전쟁은 자
본주의 국가들의 생존 방식에 속하고 때로는 사망의 방식이 되기
도 한다"는 말을 하는 게 허락되었다. 그렇지만 모두 알다시피 그
런 말을 함으로써 전쟁을 막지는 못했다.

GW 23 / 273

Also sprach Brecht

앞으로 일어날 전쟁은
첫 번째 전쟁이 아니다. 그 이전에도
이미 여러 차례 전쟁이 있었다.
지난번 전쟁이 끝났을 때
승전국과 패전국이 있었다.
패전국에서
무지렁이들은 굶주렸다.
승전국에서도 역시
무지렁이들이 굶주렸다.

GW 12 / 13

브
레
히
트

Also sprach Brecht

위대한 카르타고 제국은 세 번의 전쟁을 치렀다.
첫 번째 전쟁 후에도 제국은 강성했고
두 번째 전쟁 후에도 살 만했다.
세 번째 전쟁 후에는 사라져버렸다.

GW 23 / 156

Also sprach Brecht

우리는 전쟁을 하는 독일을 원치 않는다. 왜냐면 세 번째 전쟁은
독일을 사람이 살 수 없는 곳으로 만들 것이기 때문이다.

GW 23 / 320

Also sprach Brecht

또 다른 전쟁에 대한 불안이 세계의 재건을 마비시키고 있다. 오늘날 세계는 평화냐 전쟁이냐 하는 선택이 아니라 평화냐 멸망이냐 하는 선택 앞에 서 있다. 이것을 아직 모르고 있는 정치가들에게 우리는 반드시 말해야 한다. 세계의 모든 민족은 평화를 원한다고.

GW 23 / 62

Also sprach Brecht

언젠가 독일이 통일이 된다면, 그렇게 되리라는 건 누구나 알고 있고 그게 언제인지는 아무도 모른지만, 전쟁을 통한 통일은 아니다.

GW 23 / 416

Also sprach Brecht

내 어린 딸이
저녁에 투정을 부리며 집으로 돌아온다
아무도 나랑 놀려고 하지 않아. 딸은 독일인이고
독일 민족은 강도들이다.

내가 전철에서 큰 소리로 대화를 하면
조용히 하라는 주의를 받는다. 사람들은
큰 소리를 싫어한다.
강도의 나라에서 온 사람의.

내가 딸아이에게 독일 민족은 강도들이라고
일깨워주면
딸아이는 나와 함께 기뻐한다,
자기가 사랑받지 못하는 것을.
그리고 우리는 함께 웃는다.

GW 15 / 11

아이가 태어나면 가족들은
그 아이가 똑똑하기를 바란다
똑똑함 때문에 인생 전체를 망친 나는
오직 내 아들이
무식하고 생각하기 귀찮아하는
사람이 되길 바랄 뿐이다.
그럼 아들은 편안하게 살 거다
내각의 장관으로.

GW 11 / 259

Also sprach Brecht

덤불숲에서 또래들과 노는 대신에
내 어린 아들은 책 위로 몸을 숙이고 있다.
아들이 가장 즐겨 읽는 내용은
장사치들의 사기 행각과
장군들의 백정 짓거리다.
녀석이
우리 법이 가난뱅이건 부자건 모두
다리 밑에서 자는 걸 금지하고 있다는 이야기를 읽으면
녀석의 즐거운 웃음소리를 듣게 된다.
녀석이 어느 책의 저자가 매수되었다는 것을 알게 되면
그의 어린 이마는 빛이 난다. 나는 그것을 묵인하지만
그래도 나는 바란다.
또래들과 덤불숲으로 놀러 가는 어린 시절을 마련해줄 수 있기를

GW 15 / 11

Also sprach Brecht

나는 늘 사람들이 우리들을 '이주자'라고 부르는 것이 틀린 명칭
이라고 생각한다.
이주자는 직접 나라를 떠나온 사람이 아닌가.
그러나 우리는 자유의지로 다른 나라를 골라 이주해 온 사람들이
아니다.

GW 12 / 81

Also sprach Brecht

후손들에게

1
참으로, 나는 암울한 시대에 살고 있구나!
천진한 말은 어리석다. 주름살 없는 이마는
무감각함을 암시하는 것. 웃고 있는 자는
저 끔찍한 소식을 아직 듣지 못했을 뿐

나무에 대한 대화가
수많은 범죄에 대한 침묵을 의미하므로
거의 범죄나 다름없는 시대
이런 시대는 도대체 어떤 시대란 말인가!
저기 유유히 길을 건너는 사람에게
곤경에 빠진 그의 친구들은 아마
더 이상 연락할 수도 없겠지

맞다, 나는 아직 생활비를 벌고 있다

그러나 믿어다오. 그것은 우연일 뿐. 내가 하는
어떤 일도 내게 배불리 먹을 권리를 주지 못한다.
나는 우연히 살아남은 것이다. (운이 다하면 나도 그만이다.)

사람들은 내게 말하지, 먹고 마시라고. 그럴 수 있음을 기뻐하라고!
그러나 내가 먹는 것이 굶주린 사람에게 빼앗은 것이고
내가 마시는 한 잔의 물이 없어 목말라하는 사람이 있다면
내가 어찌 먹고 마실 수 있겠는가?
그런데도 나는 먹고 마신다.

나도 현명해지고 싶다.
옛날 책에는 무엇이 현명한 것인지 쓰여 있다.
세상 싸움에 끼어들지 말고, 짧은 인생
마음 편히 보내고
또 되도록 폭력을 쓰지 않고
악은 선으로 갚고
욕심은 채우지 말고 잊으라는 것
이런 것이 현명함이라고
이 중 그 무엇 하나도 할 수 없으니
나는 정말 암울한 시대에 살고 있구나!

(…)

3
우리가 잠겨버린 밀물로부터
떠오르게 될 너희들은
우리의 약점을 이야기할 때
너희들이 겪지 않은
이 암울한 시대를
생각해다오
신발보다 더 자주 나라들을 바꾸어가며 우리들은
계급들의 전쟁을 통과했었다.
불의만 있고 분노는 없을 때 절망하면서.

그러면서 우리는 알게 되었다.
비열함에 대한 증오도
표정을 일그러뜨린다는 것을.
불의에 대한 분노도
목을 쉬게 한다는 것을. 아 우리는
친절한 세상의 토대를 마련하려고 했음에도
스스로는 친절할 수 없었다.

그러나 그대들이여,
인간이 인간을 돕는 세상이 오거든
우리를 기억해다오,
관대한 마음으로

GW 12 / 85

브
레
히
트

Also sprach Brecht

망명 중인 독일인들은 아마 한결같이 이 전쟁에서 독일이 패하기를 바랄 것이다. 그들은 독일의 모든 승리를 애석해하고 독일의 모든 패배에 환호한다. 그들은 독일이 패할 때마다 수천의 독일 병사들의 목숨도 희생된다는 것을, 그러나 독일이 승리할 때 역시 마찬가지라는 것을 알고 있다.

히틀러의 독일이 피할 수 없는 최후의 패배를 맞이하면 독일은 상상할 수 없는 비참함에 빠질 것이다. 그렇지만 전쟁에서 승리한다고 해도 독일을 포함한 모든 세상은 비참함에 빠질 것이다. 이 잔혹한 억압과 뻔뻔한 영리 추구, 완전한 부자유의 체제는 거대한 똥물의 파도처럼 많은 민족들이 수백 년에 걸쳐 그토록 많은 희생을 치르며 이루어냈던 모든 것을 집어삼킬 것이다. 그러나 그에 반해 최후에 올 독일의 패배는 다른 민족들을 항시적인 위협에서 해방시켜줄 뿐만 아니라 독일 민족도 해방시켜줄 것이다.

히틀러 그리고 군대, 외교, 재정 분야 등에서 그의 하수인들은 체코슬로바키아, 스칸디나비아반도, 네덜란드, 벨기에, 프랑스, 발칸반도, 백러시아를 정복하기 전에 독일 민족을 정복했다. 독일 민족은 그들의 첫 번째 패전민이었다. 독일이 전 세계를 정복하게 되더라도, 그들은 독일 민족을 자신들의 피 묻은 장화 발아래 누르고 있을 것이다. 점점 더 많은 대륙으로 퍼져가는 이 전쟁의 소음에 묻혀, 우리 망명자들의 목소리가 아무리 미약하다고 해도 아주 들리지 않는 것은 아닐 것이다. 한때는 위대하고 존경받던 민족의 힘찬 목소리가 이제는 이 가냘픈 음성만 남았다. 우리는 독일 민족이 할 법한 말을 우리가 할 수 있기를 희망한다. 그래서 우리는 히틀러와 그의 하수인들이 뭐라고 주장을 하건, 그들은 독일이 아니라고 말한다. 자신들이 독일이라는 주장, 그것이 그들의 첫 번째 뻔뻔한 거짓말이다.

GW 23 / 32

요새는 이방인들을 내쫓는다. 조상이 이 나라 밖에서 살았던 적
이 있으면 그런 사람들을 모두 이방인으로 취급한다. 마치 되도
록 많은 사람들을 내쫓으려고 하는 것 같다.

메티:전환의 책, GW 18 / 86

✦

Also sprach Brecht

✦

오늘은 나의 영어회화 공부에 대해 쓰려고 한다. 화창한 날씨가
계속되어 창밖을 한 번 내다보기만 해도 깊은 낙담의 늪에 빠지
고 말 것 같기 때문이다.

단도직입적으로 말해야겠다. 나는 내가 영어를 익히리라는 일말
의 희망도 없다. 그러고 싶은 마음이 없는 것도 아니고 외적인 동
기가 없는 것도 아니다. 내게 없는 것은 무엇인가 다른 것이다.
얼마 전부터 나는 이곳의 언어로 표현해보려는 시도를 하고 있
다. 그러던 중, 토론을 할 때 나는 내가 하고 싶은 얘기가 아니라
할 수 있는 얘기를 한다는 걸 깨달았다. 잘 알다시피 이 두 가지
는 전혀 다른 것이다. 이런 혼란스러운 상태는 일시적인 것이고
좀 더 공부를 하면 나아질 거라고 생각하겠지만 그것은 전혀 기
대할 수가 없다.

GW 23 / 44

브레히트

Also sprach Brecht

노르웨이 신문들은 까마귀와 갈매기 요리에 관한 새로운 레시피를 소개한다. 그 사이 가톨릭 미사는 경찰의 감시를 당하고 있다.

일지, GW 26 / 464

Also sprach Brecht

여행객들은 독일 국민들이 전쟁에 지쳤다는 소식을 쉬지 않고 전해준다. 그럴 수도 있겠지만, 그것은 이 공장 혹은 저 공장의 노동자들이 일에 지쳤다는 소식처럼 별 의미가 없다. 전쟁은 일종의 산업이 되어버렸다. 그것은 석유가 떨어지느냐 마느냐에 달려 있지, 사람들이 아직도 열심인지 아닌지에 달려 있는 게 아니다. 현재 히틀러는 자기 '상품'의 시장, 전쟁터를 찾고 있다.

일지, GW 26 / 467

Also sprach Brecht

갤럽 여론조사는 나름의 역할을 하고 있다. 다양한 계층의 대표자들을 엄밀한 시스템하에 추려내서 주민들의 의견을 수집한다. (정치의 주요 사안에 대해서나 유명 소설을 영화화할 때 배역 캐스팅에 대해서도) 이것은 민주적인 제도로 여겨진다. 그러나 실제로 그것은 광고와 프로파간다 효과의 시험일 뿐이다.

사막에서 갈증으로 괴로워하는 사람에게 누군가 물 한 잔을 들고 다가와 이렇게 묻는 것과 같다.

"어떤 음료수를 원하십니까?"

일지, GW 27 / 114

Also sprach Brecht

1944년 9월 5일

하루 계획표. 7시 기상. 신문. 라디오. 작은 놋주전자에 커피 끓이기. 오전 작업. 12시경 가벼운 점심 식사. 추리소설 읽으며 쉬기. 오후 작업 혹은 방문하기. 저녁 식사 7시. 그 후 방문객 접견. 밤, 셰익스피어 반 페이지 혹은 웨일즈의 시 모음집. 라디오. 추리소설.

일지, GW 27 / 203

Also sprach Brecht

매카시 청문회*

위원장: 당신은 공산당원입니까? 혹은 이전에 공산당원인 적이 있습니까?

브레히트: 저는 어떤 공산당의 당원도 아니고 그런 적도 없습니다.

위원장: 그러니까 한 번도 공산당원이었던 적이 없다는 말씀입니까?

브레히트: 그렇습니다.

스트리플링: 정말 공산당원이었던 적이 없습니까?

브레히트: 없습니다.

스트리플링: 브레히트 씨, 당신은 매우 혁명적인 내용의 시와 희곡, 그 외의 다른 작품들을 다수 창작했다고 하는데, 맞습니까?

브레히트: 저는 히틀러에 대한 투쟁에서 많은 시와 노래와 희곡들을 썼습니다. 그렇기 때문에 당연히 그것들을 혁명적이라고 보실 수도 있습니다. 저는 히틀러 정권이 무너지기를 바라니까요.

*위싱턴 반미 행위 국회청문회에서 브레히트의 발언.

Also sprach Brecht

폐허가 된 도시들을 보고 대단한 충격을 받을 거라고 생각하지는 않는다. 나는 이미 폐인이 된 인간들의 모습을 보았기 때문이다.

GW 23 / 99

Also sprach Brecht

망명 기간에 관한 단상

1

벽에 못을 박지 마라

저고리는 의자에 걸쳐놓자

무엇 때문에 나흘씩이나 머무를 준비를 하겠나?

내일이면 돌아갈 텐데

어린나무에 물을 줄 필요 없다.

나무를 왜 키우겠나?

그 나무가 계단 하나의 높이만큼 자라기도 전에

너는 즐겁게 여기를 떠날 텐데

사람들이 지나갈 때는 모자를 깊숙이 눌러써라!

왜 외국어 문법책을 뒤적이겠나?

고향으로 돌아오라는 소식은

모국어로 써 있을 텐데

서까래 기둥에서 석회가 떨어지듯
(그냥 놔둬라)
국경에 세워놓은
폭력의 울타리는 무너질 텐데

2
네가 벽에 박아놓은 저 못을 봐라
언제쯤 너는 돌아갈 것 같으냐?
속으로 무슨 생각을 하는지 나는 안다.

날이면 날마다
너는 해방을 위해 일하고
방에 틀어박혀 글을 쓴다.
네가 속으로 그 일을 어떻게 생각하는지 나는 안다.
마당 한쪽에 서 있는 저 밤나무를 봐라
주전자에 물을 가득 받아 그리로 나르고 있지 않니!

GW 18 / 27

암울한
시대에도
노래를 부를
것인가

In den finsteren Zeiten Wird da auch gesungen werden?

Also sprach Brecht

인간은 예술을 통해 삶을 즐긴다.

(…)

즐거움은 삶의 의지를 강화시킨다.

GW 23 / 385

너희가 이런 연극을 한다고 생각해보라. 이 연극에서는 모든 배우가 자기가 쓰고 있는 가면이 무엇인지 모른다. 그럼 누구를 연기해야 하는지 어떻게 알 수 있을까? 오직 다른 배우들의 연기를 보고 자신이 누군지를 알 수 있다. 처음에 그의 동작은 자신의 동작일 뿐 가면에는 들어맞지 않는다. 이 연기에서 그의 본모습은 아무 소용이 없다. 그러나 얼마 안 가 관객은 그의 동작이 가면에 맞는 것으로 변해가는 것을 보게 된다. 이렇게 '그'가 생겨나는 것이다.

GW 10 / 716

Also sprach Brecht

관객이 검증의 기준이 되지는 못한다. 사회학적으로 볼 때 관객은 어떤 형태인지 파악할 수 없을 정도로 천차만별이지만, 그들의 취향은 놀라울 정도로 한결같다.

GW 21 / 183

Also sprach Brecht

그 철학자(플라톤)는 연극을 철저히 자신의 목적을 위해 사용하기를 원했다. 연극은 사람들 사이에 일어나는 일들을 충실히 재현하고, 관객들이 그것에 대해 자기의 입장을 취할 수 있도록 해야 한다는 것이다.

GW 22 / 696

Also sprach Brecht

우리의 고전 작품들을 시대에 맞게 되살리는 데는 많은 난관이 가로막고 있다. 가장 큰 적들은 생각하기 싫어하고 느끼기 귀찮아하는 이 분야의 베테랑들이다. 아무 생각 없이 우리의 유산이라고 여겨지는, 그러나 진정한 유산에는 해가 되기만 할 뿐인 연극 공연의 계보가 있다. 위대한 고전 그림들을 소홀히 대함으로써 그 위에 점점 먼지가 앉았는데 그저 베끼기만 하는 자들은 열심히 이 먼지까지 베끼고 있는 것이다.

GW 23 / 316

Also sprach Brecht

연기자에게 잘못된 콘셉트를 빨리 포기하도록 만드는 것은, 긴 설득이 아니라 박수 하나 없는 관객의 침묵이다.

GW 23 / 165

Also sprach Brecht

나는 예술과 교훈이 분리될 수 있는 거라고 믿지 않는다. 새로운 경험과 새로운 인식, 특히 인간들의 공동생활에 관한 새로운 인식은 예술을 만들고 즐기는 주된 원천이다. 관객들의 기존 경험에 새로운 경험을 보태주지 않는 예술, 관객들이 입장할 때의 상태 그대로 퇴장하게 하는 예술, 날것의 본능에 아부하고, 설익은 혹은 너무 익은 견해를 재확인해주는 예술은 쓸모가 없다. 단순한 오락은 후회를 가져올 뿐이다. 오직 관객들을 교육시킬 대상으로만 삼아 금욕적으로 흐르는, 즉 예술이 갖고 있는 다양한 수단을 포기해야만 한다고 믿는 예술도 쓸모없기는 마찬가지다. 그런 예술은 관객을 교육시키는 게 아니라 지겹게 만든다. 관객들은 즐길 권리가 있다.

GW 23 / 222

Also sprach Brecht

연극 중에 웃으면 안 되는 연극, 그런 연극에는 웃어줘야 한다.
유머가 없는 자들은 웃기는 인간들이다.

GW 22 / 808

Also sprach Brecht

어떤 배우가 수년 혹은 수십 년이 흐르고 마지막에는 죽음을 맞이하는 한 인물의 변화 과정을 연기해야 한다면, 그 배우는 늙어버린 모습에서도 젊은 시절의 모습이 생생히 떠오를 수 있도록 연기를 해야 비로소 관객들에게 큰 충격을 줄 수 있다. 다른 말로 하자면, 서서히 진행되는 한 사람의 몰락은 무엇이 몰락하는지를 관객들이 알아야 그들에게 큰 인상을 남긴다.

GW 24 / 398

Also sprach Brecht

'낯설게 하기'란 무엇일까? 한 사건이나 어떤 인물을 낯설게 만든다는 것은 일단 그 사건이나 인물로부터 당연한 것, 익숙하게 알려진 것, 뻔한 것들을 없애고 그것에 관하여 놀랍고 호기심 어린 태도를 견지한다는 의미이다.

딸들의 배신에 분노하는 리어왕을 예로 들어보자. 연기자는 감정 이입 기법을 사용해서 그 분노를 이렇게 표현할 수 있다. 관객들이 그 분노를 세상에서 가장 당연한 일인 것처럼 받아들이도록, 리어왕이 분노하지 않는 것은 생각할 수도 없게, 전적으로 리어왕의 편이 되고 그와 하나가 되어, 마침내 자신도 분노에 빠지게 끔 말이다. 이에 반해 '낯설게 하기'를 사용하면 연기자는 리어왕의 분노를 이렇게 표현한다. 관객이 그 분노에 대해 놀랄 수 있도록, 그리고 그 분노 말고도 리어왕의 다른 반응을 생각해볼 수 있도록 말이다. 이때 리어왕의 태도는 낯선 것이 된다. 즉 그것은 독특하고 이상하며 주목할 만한 것으로, 결코 당연하지 않은 하나의 사회적 현상으로서 표현된다. 분노는 인간적인 것이지만 보편적이지는 않다. 그런 분노를 안 느끼는 사람도 있을 수 있다. 리어왕의 경험이 모든 사람에게 그리고 모든 시대를 초월해 똑같은 분노를 불러일으키지는 않는다. 분노 자체는 영원히 변치 않을 인간의 반응일 수 있지만, 이런 분노, 이렇게 표현된 분노, 그러한 원인을 갖는 분노는 각 시대에 매어 있다.

'낯설게 하기'란 역사화하는 일이다. 다시 말해 사건과 인물을 역사적인 것으로, 즉 덧없이 사라질 변화하는 것으로 표현하는 것이다. (…) 이렇게 함으로써 우리는 무엇을 얻을 수 있을까? 관객들은 더 이상 무대 위의 인물들을 '전혀 변하지 않는, 영향을 미칠 수 없는, 그들의 운명에 전적으로 내맡겨진' 자들로 보지 않는다. 관객은 전혀 다르게 보게 된다. '이 인물은 이런 사람이구나, 왜냐하면 상황이 이렇기 때문에, 그리고 이 상황은 이런 상황이구나, 왜냐하면 이 인물이 이렇기 때문에.' 관객은 그 인물을 현재의 모습뿐만 아니라 미래로 가면 다르게 변할 수 있는 사람으로 상상할 수 있고, 상황도 현재와는 다른 상황으로 상상할 수 있다.

그럼으로써 우리는 관객이 연극에서 새로운 태도를 갖게 되는 결과를 얻는다. 관객은 무대 위에 펼쳐진 인간 세계의 모상에 대해 우리 시대의 인간이 자연 세계에 대해 갖는 태도와 똑같은 태도를 취하게 된다. 또한 연극에서 관객은 자연 과정과 사회적 과정에 개입할 수 있는 위대한 변혁자로, 세계를 그저 받아들이는 것이 아니라 지배하는 자로서 대접받는다. 연극은 더 이상 관객을 취하게 만들려고 하지 않는다. 그에게 환상을 제공하려고 하지도 않고, 그에게 세계를 잊게 만들려고 하지도 않고, 그를 자신의 운명과 화해시키려고 하지도 않는다. 연극은 이제 관객의 개입을 기다리며 그 앞에 세계를 가져다 놓는다.

GW 22 / 554

Also sprach Brecht

몇몇 사람들이 얼굴에 분장을 하고 몇 주 동안 연습한 동작을 시연하고 다른 사람이 쓴 문장을 달달 외워서 읊어대고, 관객들은 숨소리를 죽이고 앉아 있다. 그것도 몇 시간 동안. 그리고 매일 저녁마다 이런 일이 되풀이된다면, 여기 관련되어 있는 사람들부터 이것을 이상한 일이라고 느껴야 한다.

GW 22 / 789

Also sprach Brecht

연극은 '관객의 습관을 얼마나 만족시키는가'가 아니라, '관객을
얼마나 변화시키는가'라는 기준으로 평가해야 한다.

GW 23 / 39

Also sprach Brecht

나의 테제는, 연극이 더 많은 사람들의 더 많은 관심을 만족시킬 수록 그만큼 더 흥미로운 것이 되리라는 것이다. 물론 누구나 이런 주장을 하는 것은 아니다. 몇몇 사람들에게는 적은 사람들의 적은 관심을 만족시키는 연극이 흥미로운 연극일 수 있다.

GW 23 / 307

브레히트

Also sprach Brecht

나는 작가가 삶의 여정 중에서 놀라움을 느낄 때 비로소 이 시대
의 쓸 만한 희곡이 나오는 것이라고 생각한다.

GW 21 / 113

Also sprach Brecht

이제 연극도 우리 시대에 걸맞게 모든 경험을 한데 모으는 식의
집단적인 작업 방식으로 전환해야 할 때가 왔다.

GW 25 / 389

Also sprach Brecht

나는 한 마리 맹수다. 연극에서도 정글에 있는 것처럼 행동한다.
난 무언가를 파괴해야 한다. 나는 풀을 먹는 데 익숙지 않다.

GW 21 / 53

Also sprach Brecht

난 마르크스의 『자본론』을 읽고 나서 내 연극들을 이해했다. 사람들은 이 책이 널리 읽히기 바라는 내 마음을 이해하리라. 물론 나 자신도 모르게 마르크스주의적인 희곡들을 한 보따리나 썼다는 것은 아니다. 하지만 마르크스는 이제껏 보아온 관객 중 유일하게 내 연극을 위한 관객이었다. 왜냐면 내 연극들은 그런 관심을 갖고 있는 사람들에게 흥미로울 수밖에 없기 때문이다.

GW 21 / 256

Also sprach Brecht

두 가지 예술을 발전시켜야 한다. 보여주는 예술과 보는 예술.

GW 23 / 191

교회에 가거나, 법정에 가거나 혹은 학교에 가는 식으로 극장에 간다면 그건 틀렸다. 우리는 스포츠 경기장에 가듯 극장에 가야 한다. 여기서는 이두박근을 이용해서 하는 싸움이 아니라 좀 더 섬세한 싸움이 일어난다. 그 싸움의 무기는 언어이다. 무대에는 항상 최소한 두 사람이 있고 또 대부분은 갈등을 겪는다. 우리는 누가 이기는지 분명히 지켜봐야 한다. (…) 격투기에서처럼 사람들 속을 꿰뚫어 봐야 하고 예리하게 주시해야 한다. 무대에서는 사소한 기술이 가장 흥미롭다. 영화는 이런 것을 갖고 있지 못하다. 영화는 내면적인 것과 미묘함을 이해할 수 없는 둔한 사람들 몫이다. 그래서 좀 더 영리하고 섬세한 사람들은 연극을 보러 가야 한다. 그리고 앞서 말했듯이 그들은 연극을 스포츠를 보듯 관람해야 한다.

GW 21 / 57

Also sprach Brecht

연극 관객의 부패는 연극도 관객도 무대 위에서 무슨 일이 일어나야 하는지 모르는 데에서 온다. 스포츠 경기장에서 사람들이 입장권을 구입할 때 그들은 거기서 무슨 일이 벌어질지 정확히 알고 있다. 그리고 그들이 객석에 앉자마자 바로 그 일이 펼쳐지는 것이다.

그곳에서는 훈련된 사람들이 극도의 책임감을 가지고, 마치 스스로 즐기기 위해 그걸 하는 거라고 믿게끔 자기에게 가장 편안한 방식으로 자기만의 특별한 기량을 펼쳐 보인다. (…) 연극도 왜 이런 '훌륭한 스포츠'가 되면 안 되는지 이유를 모르겠다. 난방 시설이 골고루 다 돼 있고 멋진 조명 시설이 있고 엄청난 돈을 집어삼키는, 엄청난 위용을 자랑하는 건물들. 그 안에서 행해지는 그 모든 짓거리에는 5페니히어치의 즐거움도 없다. 오늘날에는 몇몇 명망 있는 작가로 하여금 희곡을 쓰고 싶은 마음을 불러일으키는, 공연되는 극 중 하나를 보고 이 극장을 위해 희곡 한 편을 쓰고 싶은 마음이 들게 하는 그런 극장이 없다. 그들은 금세 알아차린다. 여기서는 절대로 아무 즐거움도 없다는 것을. 여기에는 돛을 부풀리게 할 바람이 한 점 없다는 것을. 여기에는 '훌륭한 스포츠'가 없다는 것을.

GW 21 / 120

Also sprach Brecht

케이오에서 멀어질수록 권투는 진정한 스포츠와는 점점 멀어진다. 상대를 때려눕히지 못하는 권투 선수는 상대를 이긴 게 아니다. 길 모퉁이에서나 술집에서 두 남자가 싸우는 모습을 봐라. 당신은 여기서 점수를 매겨 승패를 결정하는 판정이 가능하다고 생각하는가? 자연스럽고, 순박하며 대중적인 권투 경기의 가장 큰 적은 링 주위에 앉아 머릿속에서 점수를 합산하고 있는 학자들이다.

GW 21 / 225

K씨는 한 여배우가 지나가는 것을 보고 이렇게 말했다. "저 여자 예쁘군요." 그러자 그의 동행자가 말했다. "예뻐서 최근에 성공을 했죠." 그 말에 K씨는 화를 내면서 이렇게 말했다. "성공을 했기 때문에 예쁜 겁니다."

코이너 씨의 이야기, GW 18 / 24

Also sprach Brecht

우리는 무대에서 은행, 병원, 유전, 전장, 슬럼가, 백만장자들의 빌라, 논밭, 증시, 바티칸, 정자, 성, 공장, 회의실 등 한마디로 존재하는 현실 전체를 보여준다. 여기서는 살인이 일어나고, 계약을 체결하고, 이혼하고, 영웅적인 행위를 하고, 전쟁 결정이 내려지며, 사람들이 죽고, 태어나고, 팔리고, 뒷말을 하고 속임을 당한다. 한마디로 인간들의 공동생활을 모든 측면에서 보여준다. 우리는 강한 효과를 줄 수 있다면 무엇이든 환영하고 새로운 개혁을 두려워하지 않는다.

모든 미학의 법칙은 이미 다 폐기해버렸다. 5막짜리 연극도 있고 50막짜리도 있고, 때로는 한 무대 위에 다섯 개의 장이 펼쳐지기도 하고, 결말은 행복하기도 하고 불행하기도 하다. 관객이 결말을 선택할 수 있는 그런 연극도 있었다. 그 밖에도 우리는 어떤 날은 양식화해서, 또 어떤 날은 아주 자연스럽게 연기한다. 우리 연기자들은 얌부스(Jambus)를 길거리 농담처럼 능숙하게 낭송한다. 오페레타는 흔히 비극적이고 비극에는 노래(Song)가 포함돼 있다.

어느 날 저녁 공연의 무대에서는 오븐의 연통과 같은 아주 세밀한 부분까지도 실제 집과 똑같은 집을 세우고, 다른 날은 몇 개의 색깔 있는 기둥으로 곡물 증시를 암시하기도 한다. 우리들의 광대에 사람들은 눈물 흘리고 우리들의 비극에 사람들은 배꼽을 잡고 웃는다. 한마디로, 우리에겐 모든 것이 가능하다.

GW 22 / 774

브레히트

Also sprach Brecht

암울한 시대,
암울한 시대에도 노래를 부를 것인가?
그래도 노래를 부를 것이다.
암울한 시대에 대해.

GW 12 / 16

희곡 하나를 고치는 일에 비해 국가 부도를 처리하는 것은 신혼 첫날밤을 보내는 것과 같다.
당신은 국가 부도가 무엇인지 대충 짐작이라도 할 수 있다!
당신은 신혼 첫날밤이 무엇인지 대충 짐작이라도 할 수 있다!

일지, GW 26 / 114

서정시를 쓰기 힘든 시대

나도 안다, 행복한 자만이
사랑받고 있음을. 그의 음성은
듣기 좋고, 그의 얼굴은 잘생겼다.

마당의 구부러진 나무가
토질 나쁜 땅을 가리키고 있다. 그러나
지나가는 사람들은 으레 나무를
못생겼다 욕한다.

해협의 산뜻한 보트와 즐거운 돛단배들이
내게는 보이지 않는다. 내게는
어부들의 찢어진 어망만 보일 뿐이다.
왜 나는 자꾸
40대 소작인 아줌마가 허리를 꼬부리고 걸어가는 것만 이야기하는가?
처녀들의 젖가슴은

예나 이제나 따뜻한데.

나의 시에 운을 맞춘다면 그것은
내게 거의 오만처럼 생각된다.
꽃피는 사과나무에 대한 감동과
엉터리 페인트공*에 대한 경악이
내 가슴속에서 다투고 있다.
그러나 바로 두 번째 것이
나로 하여금 시를 쓰게 한다.

*히틀러를 지칭.

GW 16 / 19

브레히트

Also sprach Brecht

어떤 것이 예술이 아니고, 누가 예술을 이해하지 못했는지를 판 가름할 가장 확실한 징표는 지겨움이다. 지겨움이란 즐거움만큼 이나 격렬한 것이다. 예술은 교육의 한 수단이 되어야 하지만 그 목적은 즐거움에 있다.

일지, GW 27 / 341

K씨는 몇 가지 대상들을 매우 자의적인 형식으로 그려놓은 그림을 보고 말했다. "일부 예술가들에게는 세계를 관찰할 때 철학자들이 그랬던 것 같은 일이 일어납니다. 형식에 신경을 쓰다 보니 소재를 잃어버리는 거죠. 난 언젠가 정원사의 작업장에서 일한 적이 있습니다. 그는 나에게 정원용 가위를 주고 월계수 하나를 전지하라고 했지요. 그 나무는 화분 속에 있었고 축하 행사용으로 대여된 것이었죠. 그래서 그 나무를 둥근 공 모양으로 다듬어야 했습니다. 나는 내키는 대로 마구 자르기 시작했는데 내가 아무리 공 모양으로 만들려고 애를 써도 좀처럼 되지 않더군요. 한번은 이쪽을 너무 잘라냈고, 이번엔 저쪽을 너무 잘라낸 식이었죠. 마침내 공 모양이 되긴 했는데 너무 작아져버렸어요. 정원사는 실망해서 이렇게 말했지요. '좋아, 공 모양이군. 그런데 월계수는 어디 있지?'"

Also sprach Brecht

고전 작품에 대한 진정한 존경심은 그 작품들이 가진 이념의 위대함과 그 형식의 아름다움에 바쳐져야 한다. 연극에서 그 작품들이 창조적으로, 풍부한 상상력을 가지고 생기발랄하게 공연될 때 합당한 존경심을 표할 수 있다. 품위와 유머 사이에 대립은 없다. 위대한 시대에는 올림포스 산정에서 웃음소리가 울려 퍼졌다.

GW 24 / 431

Also sprach Brecht

예술가는 사회에 대해 책임을 질 뿐만 아니라 사회에 책임을 물어야 한다.

일지, GW 27 / 49

Also sprach Brecht

K씨는 어느 시집을 한 권 읽고 나서 말했다. "로마에서 공직에 입후보한 사람은 광장에 나올 때 주머니가 있는 옷을 입을 수 없었어요. 뇌물을 받지 못하게 하려고요. 마찬가지로 시인들에게 소매 있는 옷을 못 입게 해야 합니다. 그 사람들이 거기서 시를 마구 털어내지 못하도록 말이죠."

GW 23 / 290

Also sprach Brecht

학문이 무엇인지, 예술이 무엇인지 모르는 사람들은 그 둘이 별개의 것이라고 생각한다. 그들은 학문에 상상력을 요구하지 않는 것으로 자기들이 학문에 한 수를 양보했다고 생각하고, 그 누구도 예술에 똑똑함을 요구해서는 안 된다고 주장함으로써 예술의 편을 든다고 생각한다. 인간은 어떤 한 분야에 특별한 재능이 있을 수는 있다. 그러나 다른 모든 분야에 재능이 없다고 특정한 한 분야에 그만큼의 재능이 더 있는 것은 아니다. 흔히 인간성도 예술도 사라지고 낡아 빠진 우리 공동체에서 오랫동안 혼자 고군분투했던 예술처럼 학문 역시 인류의 역사와 함께해왔다. 그 어느 누구도 앎이 없는 사람은 없고 마찬가지로 예술성이 전혀 없는 사람은 없다.

GW 22 / 808

Also sprach Brecht

표현주의는 거칠게 하기이다. (…) 새 국회가 출범했는데도 새 국회의원들이 없는 정치에서처럼 문학에도 우연히 비슷한 일이 일어났다. 이념에 대한 열광은 있었는데 이념 자체는 없었던 것이다. 그래서 현상이 아니라 운동이 되었다. 사람들은 외적인 것에 의존했다. 다시 말해서 육체에 정신을 채우는 게 아니라 정신을 위해 되도록 형형색색의 가죽들을 사 모았다. 육체 안에 숨어 있는 영혼을 드러내는 대신에 영혼을 육체로 만들고, 그것을 거칠게 만들고, 물질화한 데다가 정신까지 그렇게 했었다.

GW 21 / 48

Also sprach Brecht

다다이스트들의 최악의 실수는, 직접적으로 바로 그 자리에서 생겨나는 듯한 인상을 주는 그들의 작품을 출판하도록 한 것이다. 그 결과는 안쓰러웠다.

GW 21 / 51

Also sprach Brecht

그 기원이나 영향, 모든 면에서 예술은 개인적인 것이 아니다. 그
것은 집단적인 것이다.

GW 23 / 387

Also sprach Brecht

모든 예술은 예술 중의 가장 위대한 예술, 삶의 예술에 봉사한다.

GW 23 / 290

Also sprach Brecht

문학에 대한 감이 사라진 사람, 그에게 희망은 없다.

일지, GW 26 / 222

Also sprach Brecht

말은 행동을 단죄하기 위해 있다. 그것이 말의 유일무이한 역할이다. 그런데 오늘날 말은 그런 역할조차 못 하고 있다.

일지, GW 26 / 116

Also sprach Brecht

어떤 추리소설 작가도 '살인 사건을 어느 지방 영주의 서재에서 일어나게 해도 괜찮은가'에 대해 고민하지 않는다. 추리소설의 등장인물들 역시 별로 변화가 없고 살인의 모티브도 다 비슷하다. 또 아무리 훌륭한 추리소설 작가라고 해도 새로운 인물들을 창조하거나 범행의 새로운 동기를 만들어내는 데 자신의 재능을 낭비하거나 고민하지 않는다. 그것은 문제가 되지 않는 것이다.

추리소설에서 다루는 살인 사건의 10분의 1이 어느 지방의 교구에서 일어났다고 해서 '만날 똑같아'라고 외치는 사람은 추리소설에 대한 이해가 없는 사람이다. 그런 사람은 연극을 볼 때도 무대의 막이 올라가면 '만날 똑같아'라고 외칠 사람이다. 독창성이란 다른 데서 찾아야 한다. 추리소설에서 인물의 창조란 이미 정해져 있는 어떤 틀의 변주라는 사실이 오히려 이 장르에 미학적 수준을 부여해준다. 그것은 우리가 키워온 이 문학 장르의 특징이다. 그리고 '만날 똑같아'라는 문외한의 불평은, 어떤 백인이 '모든 깜둥이들은 다 비슷하게 보여'라고 말하는 것과 같은 오류에 기인한다.

추리소설에는 대단히 많은 공식이 있는데 중요한 점은 그게 공식일 뿐이라는 것이다. (…) 훌륭한 추리소설의 기본 공식이 물리학자들의 그것과 무척 닮아 있다는 것은 놀라운 일이다. 먼저 일련의 팩트를 확정한다. 여기 한 구의 시체가 있다. 깨져 있는 시계는 2시를 가리키고 있다. 집안일을 맡긴 하녀의 친척은 건강에 문제가 없었다. 이날 밤하늘은 흐렸다, 등등……. 그리고 나서 이 팩트들을 다 포괄할 수 있는 작업가설을 세운다. 새로운 팩트가 밝혀지거나 기존의 팩트가 폐기 처분됨으로써 새로운 작업가설을 세워야 할 필요가 생긴다. 종국에는 이 가설을 검증해보게 된다. 실험을 해보는 것이다. (…) 여기서 우리는 이미 추리소설이 사적인 심리소설과 얼마나 거리가 먼지 그리고 학문적인 접근 방법과 얼마나 가까운지 알 수 있다.

브레히트

Also sprach Brecht

추리소설을 읽을 때가 내가 여타 문학작품에 대해 공격적이게 되
는 유일한 때다. 추리소설로 돌아가자.

GW 21 / 130

Also sprach Brecht

시는 '아름답게 들리는구나' 하고 감탄만 하고 끝인 카나리아의 노랫소리와는 좀 다르다. 시에서 우리는 살짝 시간을 들여 머물러야 하고 때로는 거기서 무엇이 아름다운지 찾아내야만 한다.

GW 23 / 213

Also sprach Brecht

암울한 시대에

이렇게 말하지는 않으리라, 밤나무가 바람에 흔들릴 때
그보다, 엉터리 페인트공이 노동자들을 짓밟을 때.
이렇게 말하지는 않으리라, 아이가 빠른 강물 위로 물수제비를 던질 때
그보다, 커다란 전쟁 준비를 하고 있을 때.
이렇게 말하지는 않으리라, 여인이 방에 들어올 때
그보다, 강대국들이 노동자들에 반해 동맹을 맺을 때.
더구나 이렇게 말하지는 않으리라, 원래 암울한 시대였다
그보다…… 그럼 너희의 시인들은 왜 거기에 침묵하고 있었느냐?

GW 14 / 364

우리는 자신만의 자연을, 자신만의 세계를 만들어냈던 예술을 보았었다. 그 세계는 현실의 세계와는 아무 관련이 없었고 또 관련을 맺을 맘도 없었던 예술의 세계였다. 또 우리는 실제 현실을 복사하는 데만 기력이 다해서 상상력을 거의 다 잃어버린 예술도 보았었다. 이제 우리는 자연을 지배하는 예술이 필요하다. 더불어 예술적으로 형상화된 현실과 자연스러운 예술이 필요하다.

GW 24 / 196

브레히트

Also sprach Brecht

육체의 단련이 정신적인 창작 활동의 전제라는 테제에는 공감하
지 않음을 고백해야겠다. 모든 체조 교사들의 주장에도 불구하
고, 병들거나 적어도 몸을 막 굴린 사람들, 정말 희망 없는 폐인
들로부터 나온 상당한 양의 지적 창조물이 있다. 나는 스포츠를
아주 높게 평가하지만, 누군가가 단순히 지적 게으름으로 인해
손상당한 건강을 되살려보려고 운동을 한다고 해도 그것은 진정
한 '운동'과 아무 관련이 없다. 이것은 어떤 젊은이가 개인적인
아픔을 극복하려고 '믿을 수 없는 처녀들'에 대한 시를 쓴다고 해
도 그것이 예술과 아무 상관없는 것과 마찬가지다.

GW 21 / 122

Also sprach Brecht

아우슈비츠, 바르샤바의 게토, 부헨발트에서의 일들은 의심할 바 없이 문학적인 묘사를 허락하지 않는다. 이런 일들에 대해서 문학은 준비가 되어 있지 않았었고, 그런 기법들을 개발할 수도 없었다.

GW 23 / 101

Also sprach Brecht

몇 가지 예외를 제외하면 그런 '순수한' 서정적인 생산물들은 과대평가되어 있다. 그 시들은 어떤 생각이나 남들에게도 이로운 어떤 감정을 전달하려는 본래의 몸짓에서 너무 멀어져버렸다. 모든 위대한 시는 기록물로서의 가치를 갖는다.

GW 21 / 191

Also sprach Brecht

진정한 예술은 대중과 함께 빈곤해지고 대중과 함께 부유해진다.

GW 22 / 597

Also sprach Brecht

문외한이 만약 시 애호가일 경우, 그는 우리가 소위 '시를 꽃잎처럼 뜯어낸다'라고 부르는 일, 즉 차가운 논리를 적용하여 꽃과 같이 연약하고 섬세한 이 창조물에게 낱말과 이미지를 하나하나씩 분리해내는 일에 대해 격한 반감을 갖고 있다. 이에 대해, 진짜 꽃도 바늘에 찔린다고 해서 시들지는 않는다고 말해두고 싶다. 시에 생명력이 있다면, 그 생명력은 대단히 특별하기에 외부에서 이루어지는 분석 작업쯤은 충분히 견뎌낼 수 있다. 좋은 시행 한 줄이 시 전체를 훌륭한 것으로 만들지는 않는 것처럼 나쁜 시행 한 줄이 시 전체를 다 망치지는 않는다. 나쁜 시행을 읽어낼 수 있는 능력은 좋은 시행을 읽어낼 수 있는 능력의 뒷면에 있다. 이 능력 없이는 시를 진정으로 즐길 수 있는가에 대해 말하기가 힘들다.

때로 시 한 편을 쓰는 데는 별로 많은 일이 필요하지 않고, 때로 시 한 편은 많은 일을 소화해낸다. 문외한이 시를 접근 불가능한 것으로 여길 때 그는 중요한 사실을 놓치고 있다. 문외한도 가질 수 있는 저 가벼운 감흥을, 시인이 함께 공유할지라도 그것을 한 편의 시로 표현해내는 일은 작업을 의미하며, 시는 스쳐 지나가는 것을 잠깐 멈추게 하는 어떤 것이라는 점, 곧 시는 상당히 육중한 물질적인 어떤 것이라는 사실을 잊고 있다. 실제로 시를 접근 불가능한 것으로 여기는 사람은 시에 다가가지 못한다. 어떤 기준을 적용해보는 것은 시를 즐기는 중요한 방법이다. 장미의 꽃잎을 따라. 꽃잎 한 장 한 장이 모두 아름다울 것이다.

GW 22 / 453

브레히트

뭔가 할 말이 있는데, 청중을 찾지 못한 사람은 불쌍하다. 그보다
더 불쌍한 것은 자신들에게 무엇인가를 말해줄 사람을 찾지 못한
청중들이다.

GW 21 / 218

시골 마을과 작은 도시에서의 '심심함'이 사람들에게 영화관을 찾도록 만든다는 것은 착각이다. 오히려 영화는 대도시에 살고 있는 사람들에게 가장 필요하다. 대리 체험에 대한 욕구는 일과 휴식의 간극이 가장 깊은 곳에서, 노동 성과에 대한 압력의 강약 대비가 첨예한 곳에서 가장 크다.

GW 22 / 173

브레히트

Also sprach Brecht

"요즘에는 자기 혼자서 위대한 저서들을 써낼 수 있다고 장담하는 사람들이 부지기수예요"라고 K씨는 개탄했다.

"또 그 주장이 일반적으로 용인되고 있죠. 중국의 장자는 장년기에 10만 단어로 된 책을 썼는데 그중 10분의 9는 인용으로 돼 있어요. 우리에게는 이런 책들이 나올 수가 없어요. 인용의 정신이 없기 때문이죠. 그러니 사상을 자신의 작업실에서만 생산하려고 하고, 거기서 그걸 생산해내지 못하는 사람을 게으른 사람으로 취급하죠. 그래서 전수받을 사상도, 인용할 만한 사상의 표현도 없게 되는 거예요. 그들은 일을 하는 데 정말 아무것도 필요하지 않아요. 한 자루의 펜과 약간의 종이, 그게 다예요. 아무 도움 없이 각자 자기 손으로 구할 수 있는 빈약한 재료로 제각기 오막살이를 짓는 겁니다. 그들은 혼자서 짓는 오막살이보다 큰 건물은 전혀 알지 못해요!"

GW 20/24

꼭 교훈적이지 않더라도 문학은 삶의 즐거움을 높여준다. 우리의
감각을 날카롭게 해주고, 고통마저도 즐거움으로 바꿔낸다.

GW 27 / 211

Also sprach Brecht

전쟁을 시작하는 모든 정부는 술주정꾼 같다. 소주 한 잔을 들어
올리며 이게 마지막 잔이라고 말하는.

피난민의 대화, GW 18 / 287

Also sprach Brecht

유럽이 평화적 통합을 이루고자 한다면 그들의 다양한 경제체제를 모두 인정하고, 그것들을 그대로 존속시키자는 합의를 해야 한다.

GW 23 / 206

◆ 자본

나는
거짓을 파는
시장으로 간다

Fahre ich zum Markt, wo Lügen gekauft werden.

Also sprach Brecht

형제여, 우리는 돈에 대해 얘기해야 해!

푼틸라 씨와 그의 하인 마티, GW 6 / 291

Also sprach Brecht

나는 그 아이를 딕이라고 부를 거야. (…) 나는 딕에게 내가 알고 있는 모든 것을 가르치고 말해줘야. 난 많은 것을 알고 있으니까. 딕은 내가 어렵사리 머리를 써서 배워야 했던 것들을 거저 듣게 되겠지. 나는 그의 작은 손을 잡고 말할 거야. 어떻게 조직을 경영해야 하는지, 그리고 악당 같고 믿을 수 없는, 어떻게 해서든 일을 안 하려는 인간들에게 뭔가를 뽑아낼 방법을 알려줄 거야. 또 식탁 위에서 네 죽을 훔치려는 놈이 있다면, 그놈이 알아먹을 때까지 숟가락으로 패주라고 말해주고, 열려 있는 문틈이 보이거든 재빨리 발을 들이밀어 온 힘을 다해 그 집으로 들어가라고 알려줘야지. 눈치를 보면서 소심하게 서 있기만 하지 말고, 다 구워진 고기가 하늘에서 저절로 떨어지기를 기대하지 말라고! 난 이런 것들을 아주 끈기 있으면서도 엄격하게 가르쳐나갈 거야.

네 아버지는 못 배운 사람이지만, 어떤 세계사 교수도 이 아비에게 주변 놈들을 어떻게 벗겨 먹어야 하는지 가르쳐줄 수는 없었단다. 너는 대학에 가겠지만, 누가 대학에 보내주었는지 절대 잊지 말아라. 이 아버지는 완강한 녀석들의 주머니에서 네 학비를 한 푼 한 푼 빼앗아야만 했단다. 그러니 이 자본을 불려라! 그리고 너의 지식을, 그 기반도 함께 늘려라!

서문짜리 소설, GW 16 / 165

브레히트

Also sprach Brecht

인간은 일하기 위해 태어나지는 않았다.
그러나 돈, 돈이면 너는 움직여야 해!
돈은 좋은 거야. 돈에 주목해!

GW 13 / 332

Also sprach Brecht

돈은 매우 중요한 것이다. 다들 이 사실은 인정하지만 이것을 실천하는 사람들은 소수다. 돈이 그것을 소유한 사람들에게 대단한 명예를 안겨준다 하더라도 돈을 숭배하는 거의 모든 사람들은 돈을 소유하고 있다는 사실 때문에 자신을 창피해한다. 돈을 벌기 위해 너무 애쓰는 것은 그리 명예롭지 못한 것 같다. 사람들이 생각하는 최선은 아주 하찮게 여기는 노력을 들여서, 그러니까 근면이나 인맥 관리나 혹은 사람들을 웃기는 재주 같은 것으로 돈을 버는 것이다. 그리고 어떤 반대급부도 없이 돈을 벌게 되더라도 사람들은 그것을 딱히 부당하다고 생각하지 않는다.

시카고의 제이 도축업자, GW 10 / 282

Also sprach Brecht

상품이 넘지 못할 국경선이 있다면 군대가 넘게 될 것이다.

일지, GW 26 / 330

Also sprach Brecht

대부분의 사람들은 전쟁에 반대한다. 그러나 세상살이에는 어려움이 너무 많다. 혹 전쟁으로 이것들을 없앨 수 있지는 않을까? 지난번 전쟁 때, 적어도 끝나기 바로 직전까지 다들 돈을 잘 벌지 않았나? 행복한 전쟁이란 게 있을 수도 있지 않을까?

GW 23 / 117

Also sprach Brecht

전쟁은 계속 있을 것이다. 거기서 돈을 벌 수 있는 마지막 한 사
람이 남아 있는 한.

GW 23 / 117

Also sprach Brecht

전쟁은 정서적인 흥분을 불러일으킬 뿐만 아니라 그에 못지않게
사업도 적잖이 번창시킨다. 전쟁에는 수많은 불행이 뒤따르지만
사업가들은 그리 불평할 게 없다.

서푼짜리 소설, GW 16 / 64

Also sprach Brecht

한 여자와 결혼하는 이유가 그녀의 돈 때문인지 혹은 그녀 때문인지 질문하는 것은 완전히 잘못되었다. 대개 그 둘은 하나다. 여자가 남자를 성적으로 흥분시키는 것 중에는 여자의 돈만 한 게 없다.

서푼짜리 소설, GW 16 / 33

Also sprach Brecht

돈이 있다면 당신은 어디서도 '이웃 사랑'에 매달릴 필요가 없다.

피난민의 대화, GW 18 / 273

Also sprach Brecht

판매에 대해 얘기하려면 '팔다(to sell)'라는 개념을 알아야 한다. 가령 누군가에게 농담을 하나 '판다'고 해서 곧바로 돈이 들어오는 것은 아니다. 농담은 사람들이 웃을 때 비로소 팔린 것이다.

일지, GW 27 / 39

Also sprach Brecht

매일 아침 밥벌이를 위해
나는 거짓을 파는 시장으로 간다.
잔뜩 기대를 품고
상인들의 줄에 합류한다.

GW 12 / 116

Also sprach Brecht

돈에서는 냄새가 나, 그걸 잘 기억해둬!

푼틸라 씨와 그의 하인 마티, GW 6 / 293

Also sprach Brecht

경제는 예술의 주요 소재도 아니고 또 경제의 변혁이나 수호가
예술의 목표도 아니다. 오히려 경제는 그 이상이기도 하고 그 이
하이기도 하다. 다름 아닌 예술의 전제인 것이다.

GW 21 / 376

Also sprach Brecht

우리는 살기 위해서 먹어야 한다. 그러나 먹었다고 해서 산 것은 아니다. 본래 인간 행위의 동기는 자신을 표현하려는 욕구다. 다시 말해서 자신의 개성을 영속화하려는 욕구다. 그게 무엇을 통해서 어떤 식으로 이루어질지는 매우 부차적인 문제다. 타고난 기수는 말을 잘 달리게 함으로써 자신을 표현한다. 그 말이 그의 소유인지 아닌지는 아무런 상관이 없다. 단지 그는 말을 탈 뿐이다. 또 어떤 사람은 책상을 만들려고 한다. 좋아하는 나무를 손에 넣고 연장을 챙겨 들고 방에 들어앉을 수 있다면 그는 행복하다. 이것이 경제가 가진 비밀의 전부다. 다른 무엇을 위해서가 아니라 오직 돈을 벌기 위해 그 일을 하는 사람은 돈을 번다고 해도 가난한 사람이다. 그에겐 근본적인 것이 결여되어 있다. 그의 존재는 아무것도 아니고 따라서 아무것도 해내지 못할 것이다.

서푼짜리 소설, GW 16 / 158

Also sprach Brecht

부자들이 재산을 잃는다고 해도 그들은 여전히 낡은 양말 속에
수백씩 숨겨놓은 재산이 있고, 이성적인 인간으로서 약간의 자본
을 제때에 다른 곳에 옮겨놓았지.

GW 10 / 827

Also sprach Brecht

나도 사람들을 거리로 나앉게 하는 것이 무엇을 의미하는지 잘 알고 있다. 무엇보다 끔찍한 것은 이 현상의 도덕적 결과다. 전형적인 실업자는 보통 아주 빠른 시간 안에 모든 윤리적 발판을 잃게 된다. 사람을 녹초로 만드는 배고픔과 추위에 대항해서 윤리적 원칙을 지켜나갈 수 있는 실업자는 거의 드물다. 그의 자존감도 무너진다. 그는 자신이 짐이 되고 있음을 알게 된다. 이런 상태에서 그는 쉽게, 그를 사회질서의 적으로 만들려는 무책임한 선동자들의 희생자가 된다. 나는 이 모든 걸 다 알고는 있다. 하지만 어쩌란 말인가?

서푼짜리 소설, GW 16 / 294

Also sprach Brecht

정신분석 의사들이 가지고 있는 비장의 카드는, 부자들뿐 아니라 가난한 계층에도 노이로제 환자들이 엄청나게 많다는 것이다. 물론 들리는 바에 의하면 환자가 직장을 얻게 되면 노이로제가 사라진다고 한다. 환자가 일을 하게 되면 정신분석 의사들이 실업자가 되는 것이다. 이것은 가난한 사람에게도 거의 풀 수 없는 딜레마이다. 벌이가 없을 때면 정신분석 상담이 필요하지만 그 비용을 댈 수가 없다. 벌이가 있을 때면 비용을 감당할 수는 있겠지만 정신분석 상담이 필요 없다.

GW 23 / 46

Also sprach Brecht

일단 먹는 게 먼저고 도덕은 그다음이다.

서푼짜리 오페라, GW 2/284

Also sprach Brecht

서민들은 부자들이 단순히 다른 사람 주머니에서 돈을 뺏어가는 것은 아니라고 말한다! 실제로 로트쉴트가 은행을 인수하는 방식과 진짜 은행 강도 사이에 차이가 있긴 하다. 그걸 모르는 사람이 어디 있나! 그러나 나는 알고 있다. 커다란 범죄를 저지르는 사람들은, 작은 범죄 역시 잡히지 않고 저지를 수 있는 거의 유일한 사람들이다. 그들은 실제로 이걸 실컷 이용하고 있다.

서푼짜리 소설, GW 16 / 202

Also sprach Brecht

이 세상에서 돈은 더러운 것이라고 한다.
그러나 돈이 없으면 이 세상은 춥다
이 세상은 갑자기 아주 살 만한 곳이 된다
그리고 돈의 힘으로
조금 전까지 불만투성이었는데
이젠 모든 게 황금의 입김을 쐰 것 같다
얼었던 것이 햇볕에 녹는다.
누구나 자기가 필요한 걸 갖는다.
들여다보아라. 굴뚝에서 연기가 나잖아
갑자기 모든 것이 전혀 다르게 보이지 않니
가슴은 마구 뛰고 우리는 더 넓게 본다
식탁은 풍성하고 옷은 멋지다.
그리고 그 남자는 이전의 그가 아니다.

돈이 문제가 아니라고 생각하는 사람들

그들은 착각을 하고 있다
풍년도 흉년이 된다
그 좋던 강물이 메마르면.
누구나 뭔가를 갖겠다고 난리를 치고
보이면 갖는다.
조금 전까지 모든 게 이렇게 어렵진 않았다.
지금 굶지 않는다면 싸움 없이도 지낸다.
그러나 이제는 모든 게, 사랑도 가슴도 없다.
아버지, 엄마, 형제들, 다들 서로 싸운다
굴뚝을 봐라, 이제 연기가 안 난다!
사방에 숨 막히는 공기, 전혀 맘에 안 든다.
사방에 증오와 질투뿐
누구도 말이 되고 싶어하지 않고 기사이고 싶다
이 세상은 추운 세상이다.

선이니 위대함이니 다 마찬가지다
그런 것들은 이 세상에서 곧 말라죽어버릴 거다
배고프고 헐벗으면
위대해지고 싶은 꿈조차 꿀 수 없다.
우리는 위대해지고 싶은 게 아니라 돈을 원한다.
작은 소망이 얼마나 유혹적이냐

그러나 선한 사람이 돈까지 좀 있다면
선하지 않을 사람이 누가 있으랴
✦ 뭔가 나쁜 짓을 하려는 자여
봐라, 굴뚝에서 연기가 나잖니!
그래, 우리는 다시금 인간이란 족속을 믿게 된다.
오 인간은 고귀하고 어쩌고저쩌고.
아집은 자란다. 그건 너무 약해졌었다.
우리 가슴은 더 냉정해지고 우리 눈은 더 멀리 보게 된다.
우린 이제 알고 있다. 누가 말이고 누가 기사인지.
이렇게 법은 다시금 법이 된다.

둥근 머리와 뾰족 머리, GW 4 / 211

Also sprach Brecht

내가 그저 작은 장사꾼이었을 때 '커다란 상어는 건드리는 게 아니다'라는 말을 들으면, 나는 늘 얼마 남지 않은 머리털을 쥐어 뽑으며 스스로에게 물었다. '너는 어떻게 상어가 될래?' 지금 상어가 된 나는 그 무지렁이들이 오래전부터 먹고살기 위해 무슨 짓을 하는지 알고 있다. 그리고 내가 하루 종일 하는 일이라고는 전리품을 거둬들이는 일뿐이다. 난 내막을 알고, 내 잇속을 챙길 뿐이다.

투란도트 또는 결백 조작 대회, GW 9 / 175

다행스럽게도 그들은 매수할 수가 있어. 그들은 늑대가 아냐, 사람이지. 그래서 돈을 밝혀. 신에게 자비심이 있는 것과 매한가지로 인간에겐 뇌물을 받아먹는 마음이 있어. 그게 우리의 유일한 희망이야. 그것이 있는 한 관대한 판결이 나와. 게다가 죄 없는 사람도 법정에 세울 수 있지.

억척어멈과 그의 자식들, GW 6 / 43

Also sprach Brecht

자유의지, 그것은 자본주의가 지어낸 말이다!

일지, GW 26 / 114

Also sprach Brecht

여러 종류의 사람들이 있다. 사업을 하는 사람, 책을 읽는 사람 등등. 사업을 하는 사람은 책 읽기에 대해 모르고, 책을 읽는 사람은 사업에 대해 아는 게 없다. 이것이 바로 사업에 관한 책을 쓰기가 어렵고, 그걸로 돈을 벌기가 어려운 이유 중 하나다. (…) 오늘날 작가가 사업에 대한 희곡(혹은 일반 문학작품)을 쓴다고 하면, 그 희곡(혹은 책)의 내용을 어느 정도 이해할 수 있는 사람은 그걸 읽지 않을 것이고 그걸 읽으려는 사람은 그 내용을 이해하지 못하리란 걸 예상해야 한다.

지나가는 말이지만 사업가들은 예술 애호가들보다 덜 나쁜 편이다. 그래도 그들은 때때로 예술에 관심을 갖는다. 물론 한 가지 유보 조항이 있다. 거기서 사업 얘기가 나와서는 절대 안 된다는 것이다. 그들의 이런 요구는 다른 때였으면 그들의 적이었을 예술 애호가들과 공통적인 부분이다. 우리는 일단 '사업 애호가'들이 예술에 붙이는 유보 조항을 고려하지 않으려고 한다. 그것은 본질에 있어서 예술 애호가들의 그것과 같은 것이기 때문이다.

Also sprach Brecht

그 주된 논점 중의 하나는 예컨대 이것이다. 예술은 사업과 같은 비속한 것을 다루기에는 너무나 숭고하다는 것이다.(우리는 이 신성한 홀에서 사업 따위는 모른다.)*

*모차르트의 〈마술피리〉에서 자라스트로가 부르는 아리아의 "우리는 이 신성한 홀에서 복수 따위는 모른다(In diesen heiligen Hallen kennt man die Rache nicht)"라는 구절의 패러디.

GW 21 / 376

Also sprach Brecht

내가 무언가로 그의 주머니를 채워서
판사들을 내 주머니 속에 넣어두지 않으면
난 아무 힘이 없다. 가장 말단의 경비도
내가 은행을 털러 들어가면, 나를 쏴서 반쯤 죽여놓을 거다.

아르투로 우이의 출세, GW 7 / 24

Also sprach Brecht

'어떻게 하면 한 사람을 매수되지 않도록 교육시킬 수 있겠는가'
라는 질문에 코이너 씨는 이렇게 대답했다.
"그를 배부르게 만들면 되지."
'어떻게 해야 좋은 제안을 내놓도록 할 수 있을까'라는 질문에는
이렇게 대답했다.
"그가 자기의 제안에서 나오는 이득에 참여할 수 있게 하되 다른
방식으로는, 즉 혼자서는 그 이익을 얻을 수 없도록 하면 되지."

코이너 씨의 이야기, GW 18 / 15

Also sprach Brecht

내가 이미 수년 전부터 유명한 작가였을 때, 나는 정치에 대해 아무것도 몰랐고 마르크스가 직접 쓴 책 혹은 그에 대한 책이나 논문도 구경조차 못 했었다. 나는 이미 희곡 네 편과 오페라 한 편을 썼고 그것은 여러 무대에서 공연되었고 문학상도 받았다. 진보적인 인사들의 견해를 묻는 설문조사에서도 심심치 않게 내 의견을 발견할 수 있었다. 그러나 나는 정치의 ABC도 몰랐고 공적인 사안이 우리나라에서 어떻게 결정되는지에 관해 외진 시골의 평범한 농사꾼보다 더 아는 게 없었다. (⋯) 그때 일어난 일종의 업무상의 사고가 나를 발전시키는 계기가 되었다. 나한테는 어느 연극 대본의 배경으로 시카고의 곡물 증시가 필요했었다. 나는 전문가들이나 실무자들에게 몇 가지 질문을 하면 필요한 지식을 빠르게 얻을 수 있으리라고 생각했다. 그러나 사정은 그렇지 못했다. 유명한 경제 전문가들 그리고 사업가들(시카고 증시에서 평생을 일한 중계자를 만나러 베를린에서 빈으로 찾아가기까지 했었다), 그들 중 곡물 시장에서 일어나는 일들을 내게 충분히 설명해줄 수 있는 사람은 아무도 없었다. 나는 그 일들이 아예 설명 불가능한 것, 즉 이성으로 파악될 수 없는 것, 다시 말해 비이성적인 것이 아닐까 하는 인상을 받았다. 곡물이 세계로 배분되는 방식은 그야말로 이해할 수가 없었다. 한 줌도 안 되는 몇몇 투기꾼들의 입장을 제외한 모든 경우, 이 곡물 시장은 복마전 바로 그 자체였다. 계획한 희곡은 쓸 수 없었고, 대신 나는 마르크스를 읽기 시작했다. 그때야 비로소 마르크스를 읽기 시작한 것이다.

GW 22 / 138

주식에 견주면 한 명의 디트리히가 대체 뭐란 말인가? 은행 강도
짓이 은행을 설립하는 것에 비하면 대체 뭐란 말인가? 사람을 고
용하는 것에 견주어 사람을 살해하는 것이 대체 뭐란 말인가?

서푼짜리 오페라, GW 2 / 305

Also sprach Brecht

자본에 대해서 설명을 해줄 수가 있다. (…) 돈이란 암소가 송아지를 낳듯 그 이자를 낳아주는 것이다. 상속을 받았건 스스로 벌었건 간에 돈은 그것을 소유하고 있는 사람에게 이자를 낳아준다.

서푼짜리 소설, GW 16 / 388

Also sprach Brecht

자본주의국가에 음모론을 들이미는 것은 아무 의미가 없다. 착취하라, 너무 심하지 않게! 전쟁하라, 민간인은 다치지 않게! 독가스는 쓰지 말고 대포로! 미합중국 의회가 전쟁에서 얻는 이득을 10퍼센트로 제한했다는 소식이 들려왔다. 그 의회는 전쟁에서의 인명 손실을 10퍼센트로 제한할 수도 있겠지.

GW 22 / 531

Also sprach Brecht

대체 인간이란 무엇인가?
난 인간이 무엇인지 알까?
그걸 누가 알고 있는지 나는 알까?
나는 모른다. 인간이 무엇인지.
나는 오직 그의 가격만 알 뿐.

조치, GW 3 / 89

Also sprach Brecht

이전에 사업가는 노동자와 직원들에게 줄 임금이 충분치 않거나 자신에게 충분히 이윤이 남지 않을 때 그들을 그냥 쫓아냈다. 오늘날에도 사업가는 그들을 쫓아내고 있으며, 당연한 것이지만 이윤을 남기고, 아마 이전보다 더 많은 이윤을 남기고 있을 거다. 그러나 얼마나 체면 구기는 환경에서 해야 하는가! 그는 먼저 노동조합 간부들의 더러운 입에 시가를 물려줘야 하고 노동자 제위님들이 황송하게도 그의 이윤 창출에 동의하게끔 하기 위해, 그분들께 뭐라고 말해야 할지를 반복해서 조합 간부들의 머릿속에 박아 넣어줘야 한다. 이게 대체 무슨 개 같은 태도란 말인가! 이런 상황에서는 품위 있는 인간이라면 더 이상 이윤에 대해 기뻐할 수 없다. 아무리 이윤이 크게 남는다 해도 말이다. 이윤은 인간적인 품위라는 너무나 큰 희생을 치르고 얻어진다!

서푼짜리 소설, GW 16 / 388

Also sprach Brecht

독재자들은 부자들의 뒷목까지도 발로 찍어 누른다. 그리고 그들에게 명령한다. 대중들을 남김없이 착취하라고.

시저의 사업, GW 17 / 387

Also sprach Brecht

1908년, 어느 겨울밤 한 영주가 얼어붙은 호수를 건너면서 소작인에게 길잡이를 시켰다. 그들은 호수에 금이 가 있는 것은 알고 있었지만 어디인지는 몰랐고, 소작인은 영주보다 12킬로미터나 앞서 가야 했다. 불안해진 영주는 호수를 건너게 되면 소작인에게 말 한 필을 주겠다고 약속했다. 호수 중간쯤에 이르자 영주는 다시 말했다. "내가 빠지지 않고 건너게 되면 네게 송아지 한 마리를 주마." 건너편 동네의 불빛이 보이기 시작하자 영주는 다시 말했다. "시계를 받으려면 힘을 내라." 호안을 50미터 정도 남겨두고 있을 때 영주는 감자 한 자루로 말을 바꿨고, 마침내 기슭에 도착하자 소작인에게 1마르크를 주면서 이렇게 말했다. "왜 이렇게 오래 걸린 거야?"

우리는 그들의 농담과 속임수를 꿰뚫어 보기엔 너무 멍청해서 항상 속아 넘어가지. 왜? 그들이 우리처럼 생겼기 때문이야. 그들이 곰이나 살무사처럼 생겼다면 조심이라도 할 텐데 말이야.

푼틸라 씨와 그의 하인 마티, GW 6 / 339

Also sprach Brecht

이제야 알겠어. 내가 돈으로 기쁨을 사려고 이 도시에 발을 들여 놓았을 때 나의 몰락은 예정되었지. 내가 이런 말을 했었지. 누구 나 자기 몫의 고기는 어떤 칼로든 간에 일단 잘라서 챙겨야 한다 고. 그런데 고기는 상해 있었어. 내가 샀던 기쁨은 기쁨이 아니었 어. 돈으로 산 자유는 자유가 아니었어. 나는 먹었지만 배부르지 않았고 마셨지만 목말랐지.

마하고니 시의 흥망성쇠, GW 2 / 386

Also sprach Brecht

안타깝구나! 인간들의 경제의 영원한 법칙은

영원히 알 수가 없구나

경고도 없이

화산이 폭발해 한 지방을 황폐화시키고

초대도 안 했는데

거친 바다 한가운데서 돈벌이가 되는 섬이 솟아오르네

미리 안 사람은 아무도 없고, 아무도 내막을 모르네

그러나 맨 마지막 사람은 개들에게 물린다네*

*마지막 사람이 불이익을 당한다는 의미의 독일 속담.

도살장의 성 요한나, GW 3 / 187

'판다(to sell)'라는 낱말의 뜻을 이해해보려고 한다. 편의점에서 여점원이 누군가에게 샌드위치를 판다고 할 때 이 낱말은 아주 공손한 어감을 준다. (…) 그런데 누군가에게 초현실주의에 관한 어떤 견해를 판다고 할 때는, 즉 여기서 '판다'의 의미는 누군가에게 어떤 견해를 억지로 강요한다는 의미이다. 그것은 자신이 무언가를 처분하고 싶은 저항할 수 없는 욕구를 그 사람 안에서도 일어나도록 만든다는 의미일 뿐이다. 어떤 남자는 자신의 결혼 생활에서 일어난 일들을 이런 형식으로 기술할 수도 있을 것이다. 나는 토요일에 아내에게 성교를 팔았다, 즉 나는 그녀가 이것 혹은 저것을 성교로 받아들이도록 그리고 그에 대한 욕구를 느끼도록 만들었다. 그래서 사람들은 이렇게 말하기도 한다. 대통령은 국민들에게 전쟁을 팔아야 할 의무가 있다고. 그는 전쟁이 그들에게 좋은 것일뿐더러 필요한 거라고 국민들을 설득해야만 한다.

브레히트

Also sprach Brecht

이 아름다운 도시 마하고니에는
돈만 있으면 뭐든지 다 있어.
뭐든 다 있어, 왜냐하면 모든 것은 살 수 있기 때문이지.
왜냐하면 살 수 없는 것은 없기 때문이지.

마하고니 시의 흥망성쇠, GW 2 / 38

Also sprach Brecht

이렇듯 해피엔드에 이르고
모든 것은 말끔히 정리된다.
필요한 돈이 마련돼 있으면
결말은 대부분 좋다.

서푼짜리 소설, GW 16 / 346

행복은
인간의
권리다

Das Recht des Menschen ist's auf dieser Erden Da er doch nur kurz lebt, glücklich zu sein.

Also sprach Brecht

그저 잠깐 살다 가기 때문에
이 땅 위에서의 행복은 인간의 권리다.

GW 11 / 139

Also sprach Brecht

어리석은 사람들은 자신들에게 쓸모없는 생각만 한다. 영리한 사
람들은 자신들에게 쓸모 있는 생각만 한다. 생각하는 것 자체에
대해서도 영리한 사람들은 쓸모 있다고 여겨지는 생각만 한다.

GW 10 / 525

Also sprach Brecht

설명이란 대부분 변명이다.

메티:전환의 책, GW 18 / 127

Also sprach Brecht

우리가 늘 진실을 안다고 하면 거기서 얼마나 많은 추악함을 보게 될까.

메티:전환의 책, GW 18 / 127

Also sprach Brecht

진실을 말하기보다는 믿을 만한 것을 말하는 게 쉽다.

메티:전환의 책, GW 18 / 120

Also sprach Brecht

진실을 안다는 것은 '무엇이', '누구에게' 이로운지를 안다는 것
이다.

GW 10 / 521

Also sprach Brecht

생각하는 사람 코이너 씨에게 제자인 티프가 와서 말했다. "저는 진실을 알고 싶습니다." 그러자 코이너 씨가 말했다. "어떤 진실 말인가? 진실은 이미 알려져 있다네. 자넨 생선 거래에 대한 진실을 알고 싶은가? 아니면 조세제도에 대한 진실을 알고 싶은가? 자네가 그들한테 생선 거래의 진실을 듣고 나서 그들의 비싼 생선값을 더 이상 치르지 않으려 한다면, 자넨 그 진실을 듣지 못할 걸세."

GW 23 / 290

진짜 영리한 인간들은 진실을 알려고 애쓰지 않는다. 오히려 거짓으로 어떻게 이득을 볼 수 있는지 알려고 애쓴다. 그들은 스스로에게 박수를 받기 위해 노력하는 게 아니라 그들의 배에서 박수가 나오게 하기 위해 노력한다.

메티:전환의 책, GW 18 / 70

Also sprach Brecht

이 세상에 이성을 가진 존재가 살아 있는 한 문제는 늘 이것일 뿐이다. 누가 누구를 먹느냐?

GW 10 / 556

Also sprach Brecht

대체 인간은 무엇으로 사냐고? 한시도 쉬지 않고 인간을 괴롭히고 벗겨 먹고 공격하고 목 조르고 잡아먹으며 살지.
인간은 자신도 인간이란 걸 철저히 잊어야만 살 수 있지.
신사 여러분, 환상일랑 접으세요.
인간은 오직 악행으로만 삽니다!

서푼짜리 소설, GW 16 / 50

Also sprach Brecht

아, 모든 사람이 거칠기보다는 착했으면.
하지만 사정이 허락하질 않는다네.

서푼짜리 소설, GW 16 / 64

인간적인 노력의 미약함에 관한 노래

인간은 머리로 살아간다?
머리만으론 부족해
한번 해보렴, 너의 머리 덕에
기껏 이가 한 마리 살까
왜냐면 이 삶을 감당할 만큼
인간은 영악하지 않아
영원히 이런 모든 기만과 사기를
알아채지 못하기 때문이지

계획을 세워보든지
대단한 인물이 돼보든지
두 번째 계획도 마련해두든지
다 안 돼
왜냐면 이 삶을 감당할 만큼
인간은 악하지가 않아

그래도 높이 올라가 보려는 노력은
멋진 일이지

그래, 행복만 바라보고 달려
그렇지만 너무 달리지는 마
왜냐면 다들 행복을 좇아 달리는데
행복은 저기 뒤처져서 오니까
왜냐면 이런 삶을 견디기엔
인간은 찾는 게 너무 많으니까
그래서 그의 모든 노력은
자기기만이야

서푼짜리 오페라, GW 2 / 291

Also sprach Brecht

자연을 정복하면서 놀랄 만큼 거대해진 인간은, 인간을 정복함으로써 거대한 괴물이 된다.

GW 24 / 351

Also sprach Brecht

중요한 점은 단순 무식하게 생각하는 법을 배워야 한다는 것이다. 거장들의 사고는 그랬다.

서푼짜리 소설, GW 16 / 173

Also sprach Brecht

위대한 사람들은 존경해야 하지만
그들의 말을 믿어서는 안 된다.

GW 13 / 357

Also sprach Brecht

인간을 위한 그리고 인간에 반하는 많은 발명이 이어져왔다. 인간을 위한 발명은 억압되고, 인간에 반하는 발명은 장려되고 있다.

메티:전환의 책, GW 18 / 83

Also sprach Brecht

사형선고의 효과는 평범한 소시민들의 생각에 막대한 영향을 미친다. '범죄자는 사형당한다. 그러니까 사형당하는 사람은 범죄자다.'

시저의 사업, GW 17 / 280

Also sprach Brecht

인간은 맘만 먹으면 자신을 무감각하게 만들 수 있는 끔찍한 능력을 가지고 있다. 길모퉁이에서 팔 하나가 없는 사람을 처음 맞닥뜨렸을 때는 놀라서 10페니히를 줄 마음이 생기겠지만 두 번째에는 냉정하게 그를 경찰에 넘긴다.

서푼짜리 오페라, GW 2 / 233

농부의 머리가 나쁘면 나쁠수록 그의 소들은 강한 근육을 가져야
만 한다.

메티:전환의 책, GW 18 / 142

Also sprach Brecht

폭풍은 가장 낮은 풀을 내버려둔다.
아침 녘이 되면
풀은 다시 일어난다.

GW 14 / 185

Also sprach Brecht

"생각하는 사람이 커다란 폭풍우를 만났을 때 그는 커다란 마차 안에서 넓은 자리를 차지하고 있었다. 먼저 그는 마차에서 내렸다. 두 번째로는 재킷을 벗었다. 세 번째로는 땅에 엎드렸다. 그렇게 그는 자기 몸을 가장 작게 만들어 폭풍우를 견뎌냈다."

이것을 읽으면서 코이너 씨는 말했다.

"자신에 관한 다른 사람들의 견해를 자기 것으로 만드는 일은 유용합니다. 안 그러면 다른 사람들이 나를 이해 못 하지요."

코이너 씨의 이야기, GW 23 / 19

종교는 기댈 수 있는 발판을 제공한다. 그러나 말안장이 기수에
게 안정감을 제공한다고 해서 그게 말에게도 좋다고 말할 수는
없는 일이다.

GW 23 / 103

Also sprach Brecht

곰에게 꿀을 줘봐라. 그러면 너는 팔을 잃을 것이다. 그 짐승이
굶주려 있다면.

갈릴레이의 생애, GW 5 / 265

Also sprach Brecht

인간의 행동은 속을 들여다볼 수가 없다.
사람들은 대부분 자기가 한 행동의 동기조차도 모른다.
하물며 다른 사람이야…… 가장 날카로운 눈도 인간성을, 그 설
명 불가능한 혼돈을 꿰뚫어 보지는 못한다.

둥근 머리와 뾰족 머리, GW 4 / 73

Also sprach Brecht

진실은 시대의 아이이지, 권위의 아이가 아니다.

갈릴레이의 생애, GW 5 / 43

Also sprach Brecht

진실을 모르는 자는 한낱 바보일 뿐이다. 그러나 진실을 알면서
그것을 거짓이라고 말하는 자는 범죄자다.

갈릴레이의 생애, GW 5 / 67

Also sprach Brecht

오늘날 거짓과 무지를 몰아내고 진실을 쓰고자 하는 사람은 적어도 다섯 가지 어려움을 이겨내야 한다. 그는 진실을 쓸 용기가 필요하다. 진실은 사방에서 억압받고 있는 중이다. 진실을 알아볼 수 있는 영리함이 필요하다. 진실은 온통 은폐되어 있다. 진실을 무기로 쓸 수 있게 만드는 기술이 필요하다. 그 무기를 효과적으로 쓸 수 있는 사람들을 골라낼 수 있는 판단력이 필요하다. 그리고 이 사람들 사이에 진실을 퍼뜨릴 수 있는 책략이 필요하다. 파시즘 치하에서 글을 쓰는 사람들에게 이 어려움은 커다란 어려움이다. 하지만 마찬가지로 추방되거나 혹은 도망쳐 나온 사람들, 더구나 시민적 자유가 있는 나라에서 글을 쓰는 사람들에게 역시 큰 어려움이다.

GW 22 / 74

Also sprach Brecht

인류의 절반은 오직 다른 절반의 기억력이 구멍투성이인 덕에 살아간다.

GW 10 / 461

Also sprach Brecht

사안 자체가 인간을 혼란스럽게 하는 게 아니라 그것에 대한 견해가 혼란을 만든다.

갈릴레이의 생애, GW 5 / 111

Also sprach Brecht

자신이 안다는 것을 알고 있는 사람도 어떻게 그걸 알았는지에
관해서는 모르고 있다.

갈릴레이의 생애, GW 5 / 114

장애물들을 고려한다면, 두 점 사이의 최단 거리를 잇는 선은 곡선일 것이다.

갈릴레이의 생애, GW 5 / 282

K씨에게 한 철학 교수가 찾아와서 자신의 지혜에 대해 얘기했다. 얼마간 듣고 나서 K씨는 그에게 말했다. "당신은 불편하게 앉고 불편하게 말하고 불편하게 생각하네요." 그 철학 교수는 화가 나서 말했다. "내가 어떤 사람인지 그런 말을 들으려는 게 아니라 내가 했던 말의 내용에 대한 얘기를 듣고 싶은 거요." 그러자 K씨가 말했다. "거기에는 아무 내용도 없어요. 나는 당신이 어설프게 걸어가는 것을 봅니다. 그리고 당신은 내가 보고 있는 동안 어떤 곳에도 도착하지 못하죠. 당신은 모호하게 말하기 때문에 당신이 말하는 동안 분명해지는 것은 하나 없어요. 난 이런 당신의 태도를 보고 당신의 목표에도 흥미를 잃었습니다."

GW 30 / 246

Also sprach Brecht

우리가 죽지 않고 영원히 남을 유일한 길은 이름을 얻는 것이다.
그럼 어떻게 이름을 얻을까? 우리가 하는 실수를 통해서이다.

GW 21 / 226

Also sprach Brecht

가장 뛰어난 자들의 고생

K씨는 "요즘 어떤 일을 하고 계십니까?"라는 질문을 받자 이렇게
대답했다.
"저의 다음 오류를 준비하느라 애쓰고 있는 중입니다."

코이너 씨의 이야기, GW 18 / 15

Also sprach Brecht

행복은 어둡고 빨리 지나간다.
불행은 길고 밝다.

GW 13 / 230

원폭은 기술적으로나 사회적 현상으로나 학문이 일궈낸, 사회적
실패의 고전적인 최후 결과물이다.

GW 24 / 240

Also sprach Brecht

학문의 빈곤을 초래하는 주요 원인은 대부분 스스로 풍요롭다고
여기는 착각이다.
학문의 목표는 무한한 지혜로 나아가는 문을 여는 것이 아니라
무한한 오류를 제한하는 데 있다.

갈릴레이의 생애, GW 5 / 252

Also sprach Brecht

대부분 우리의 경험은 순식간에 판단으로 변한다. 우리는 이 판
단을 기억해두고는 그걸 경험이라고 생각한다.

메티:전환의 책, GW 18 / 90

Also sprach Brecht

만일 그럴 만한 이유가 있어서, 문제의 원인을 제거하는 일을 두
려워하며 거부하고 있다면 증후들만 닦달해서는 안 된다.

GW 23 / 364

커다란 도약을 하려는 사람은 몇 걸음 뒤로 물러나야 한다. 오늘은 어제의 양분을 받아 내일로 향한다. 역사는 어쩌면 식탁 위의 모든 것을 쓸어버릴 수도 있다. 하지만 역사는 텅 빈 식탁을 꺼린다.

GW 23 / 245

Also sprach Brecht

K씨는 어떤 특정한 나라에서 살 필요는 없다고 생각했다. 그는 말했다. "굶는 데는 나라가 필요하지 않아." 어느 날 그는 한 도시를 지나가게 됐다. 그 도시는 그가 살던 나라의 적군에게 점령당해 있었다. 적군의 장교 한 사람이 K씨에게 다가오더니 보도에서 내려오라고 명령했다. K씨는 보도에서 내려왔고 이 남자한테 분노가 치밀어 오르는 것을 느꼈다. 그것은 이 남자만이 아니라 이 남자가 속한 나라에 대한 분노였다. 지진이 일어나 그 나라를 쓸어버렸으면 하고 생각할 정도였다. K씨가 스스로에게 물었다. "무엇 때문에 내가 지금 국수주의자가 됐을까? 그건 내가 국수주의자를 만났기 때문이야. 어리석음은 그것과 만나는 사람을 어리석게 만들기 때문에 반드시 근절시켜야 해."

GW 10 / 15

Also sprach Brecht

물결을 거슬러 헤엄치는 것은 어리석은 짓이다. 그러나 물결의
방향을 아는 것은 현명한 일이다.

GW 10 / 528

Also sprach Brecht

철학은 철학자들의 말보다 보통 사람들의 말에 더 신경을 써야
한다.

코이너 씨의 이야기, GW 18 / 15

Also sprach Brecht

낯설지 않은 것을 낯설게 느껴라!
익숙한 것을 이해할 수 없는 것으로 느껴라!
일상적인 것에 너희는 놀라야 한다.
규칙이라고 하는 것의 오용을 알아차려라.
그리고 오용인 걸 알게 되었다면
그것을 제거하라!

GW 3 / 260

Also sprach Brecht

내가 돌아왔을 때
내 머리는 아직 세지 않았다
그때 나는 기뻤다.

산악의 어려움을 뒤로한 우리 앞에
이제는 평지의 어려움이 놓여 있다.

GW 15 / 205

정의는 희생자에 대한 연민과 가해자에 대한 연민 모두로부터 나온다. 올바른 중도의 분노는 악행을 행한 자에 대한 분노와 그리고 그를 악인으로 만든 다른 모든 것에 대한 분노로부터 나온다. 진정한 용기를 가진 사람도 죽음을 두려워한다. 그러나 이 때문에 그는 용감한 것이다. 그는 바르지 못한 삶을 죽음보다 더 두려워하기 때문에 중용의 길을 간다. 진정으로 친절한 사람은 도와줄 수 있는 한계를 안다. 너무 많은 것은 너무 적은 것처럼 잘못된 것이다. 진정한 인류애는 자기 자신에 대한 사랑을 배제하지 않는다. 중용의 길은 편안한 길이 아니라 목표에 이르게 하는 길이다.

GW 10 / 894

Also sprach Brecht

유혹에 빠지지 않게 하소서

유혹당하지 말라
다시는 돌아올 수 없다
낮은 벌써 문틈으로 나가려 하고
이미 밤바람을 느낄 수 있지 않느냐
아침은 다시 오지 않는다.

기만당하지 말라
인생은 얼마 되지 않는다
양껏 들이마셔라
마시기를 그쳐야 하는 날이 오면
부족할지도 모른다.

거짓 위로를 받지 말라
너희에겐 시간이 그리 많지 않다
죽어 구원받았다는 자들은 곰팡이에게 맡겨두라

삶이 가장 커다랗게 되었을 때
그것은 이미 너희의 것이 아니다

노역과 착취를 견디라는
유혹에 당하지 말라
대체 무엇이 아직도 불안한가
다른 모든 동물들처럼 너희도 죽을 것이고
그 후에는 아무것도 오지 않는데

GW 1/260

사람들은 죽음의 공포라는 것을 잘못 생각하고 있다. 만일 내가 죽는다면? 우리는 전전긍긍하면서 아쉬워한다. 이런 것도 누려 보지 못했고 저런 것도 해보지 못했고……. 이때 우리는 우리가 더 이상 존재하지 않는다는 걸 잊고 있다.

GW 20 / 202

Also sprach Brecht

비가 온다. 노아의 홍수가 났을 때는 모든 동물들이 일치단결해서 다들 그 방주에 들어갔었다. 그때가 아마 지구상의 모든 피조물들이 하나가 되었던 때였을 거다. 정말 모두 들어왔는데, 이상하게도 익티오사우루스는 오지 않았다. 이구동성으로 모두들 그에게 배에 타라고 말했다. 그러나 하필 그때 그는 그럴 짬이 없었다. 노아까지 나서서 홍수가 날 거라고 주의를 줬지만 그는 태연히 말했다. "못 믿겠어." 대부분의 동물들은 취해 있을 때의 그를 좋아하지 않았다. 그는 모든 동물 중에 가장 오래 산 동물이었고 그런 경험으로 인해 그는 대홍수 같은 것이 가능한지 아닌지 말할 수 있는 자격이 있었다. 나 역시 그런 비슷한 경우에 얼마든지 그 배에 타지 않을 수도 있다.

바알, GW 1 / 144

Also sprach Brecht

나는 고백한다: 내게는
희망이 없다.
눈먼 자들은 탈출구를 말한다. 나는
본다.

모든 오류가 밝혀진 후
우리가 대면하게 될 것은
허무뿐이리라

GW 13 / 189

Also sprach Brecht

송아지들은 어기적거리며 북소리를 뒤따른다.
그 북의 피막도 송아지들이 댄다.

GW 14 / 228

Also sprach Brecht

겪었던 고난에 대한 인간들의 기억력은 놀랄 정도로 짧다. 닥쳐
올 고난에 대한 그들의 상상력은 더 빈약하다.

GW 23 / 213

Also sprach Brecht

불행은 그 자체만으로는 좋은 선생이 아니다. 그의 학생들은 배고픔과 갈증을 배우지만 그렇다고 매번 진리의 배고픔과 앎의 갈증을 배우지는 않는다.

GW 24 / 273

Also sprach Brecht

얼마나 능력 있는 종인가, 인간이란!
그들의 허약한 기억력이
그들을 살아남게 한다.

GW 14 / 129

Also sprach Brecht

가장 약한 가닥이 끊어지면 밧줄도 끊어진다.

GW 10 / 439

Also sprach Brecht

내가 한 어떤 생각이 영원히 남기를 바라지는 않지만 나의 모든 생각이 남김없이 수용되고 실현되고 소진되기를 바란다.

일지, GW 26 / 283

Also sprach Brecht

내게는 묘비가 필요 없다. 그러나
만일 그런 게 당신들에게 필요하다면
거기에 이렇게 써주기 바란다.
"그는 여러 제안을 했고
우리는 그것을 받아들였다."
그런 묘비명은 우리 모두에게 영광이리라.

GW 14 / 191

브
레
히
트

살아남은 자의 슬픔

물론 나는 알고 있다.
오로지 운이 좋았던 덕에
그 많은 친구들보다 오래 살아남았던 것을.
그러나 지난밤 꿈속에서
친구들이 나에 대해 얘기하는 소리가 들렸다.
"강한 자는 살아남는다."
나는 내가 미워졌다.

GW 12 / 125

Also sprach Brecht

인간은 창조물 중 으뜸이다. 그는 무엇이든 할 수 있다. 그는 천
국의 사과로 똥을 만들 수도 있다.

일지, GW 26 / 245

Also sprach Brecht

네 발끝에 부서지는 파도에 연연해하지 마라
물속에 발을 담그고 있는 한 다음 파도가 와서 부딪히리니

GW 14 / 64

Also sprach Brecht

나의 스승은 매우 참을성이 없다. 그는 '모' 아니면 '도'를 원한다. 가끔 하는 생각이지만, 이런 그의 요구에 현실은 '도'로 대답할 거다.

GW 21 / 190

Also sprach Brecht

조급해하지 말라고? 나는 그럴 수가 없어. 나는 37살이야. 알렉산더대왕은 33살에 죽었지. 그 사람은 618개의 도시를 정복했어. 난 서둘러야 해.

돈 주앙, GW 9 / 213

K씨는 철학사 책 한 권을 읽고, 사물을 인식하는 것이 근본적으로 불가능하다고 주장하는 철학자들을 경멸하면서 말했다. "소피스트들이 공부하지도 않고서 많은 걸 안다고 주장했을 때, 소크라테스는 '나는 내가 아무것도 모른다는 것을 안다'라고 건방진 주장을 하며 등장했죠. 아마 사람들은 그가 다음 문장을 덧붙이리라고 기대했을 겁니다. '왜냐하면 나는 아무것도 공부하지 않았기 때문이다'라든가 하는. (뭔가를 알기 위해서는 공부를 해야죠.) 그러나 그는 계속 말할 수는 없었던 것 같습니다. 아마도 그의 첫 번째 문장 다음에 우레와 같은 박수가 터져 나오고 그게 2,000년 간 계속되면서 그 이후의 모든 문장을 삼켜버린 것 같습니다."

GW 26 / 23

Also sprach Brecht

진실을 두려워하지 말라. 그것이 진실이기만 하다면.

GW 24 / 316

Also sprach Brecht

진실은 그것을 이해할 수 있는 사람들에게만 알려야 한다. 누구
나 진실이 무기라는 것을 알고 있지만, 아무한테나 무기가 되지
는 않는다.

GW 22 / 98

브
레
히
트

Also sprach Brecht

달 없는 밤, 경찰이 있지는 않을까
주위를 살피는 도둑처럼
진실을 좇는 자는 그렇게 움직인다.

그리고 마치
자기 어깨를 붙잡는 손이 있지는 않을까 두려워하며
훔친 물건을 나르듯 그렇게 진실을 나른다

GW 14 / 325

Also sprach Brecht

생각만으로 해결할 수 없다면 그 문제에 대해 생각하는 습관을
끊어야 한다.

메티 : 전환의 책, GW 18 / 130

◆ 혁명

모순은
희망이다

Die Widersprüche sind unsere Hoffnung.

Also sprach Brecht

우리가 영원하다면
모든 것은 변할 것이다
그러나 우리가 유한하기에
모든 것은 옛날 그대로다.

GW 15 / 294

Also sprach Brecht

탄압은 더 심해졌는데
그에 대한 투쟁은
낡았다고 한다.

GW 14 / 249

Also sprach Brecht

더 이상 세상이 맘에 들지 않는다. 세상이 변하지 않으니 나는 술을 마시기 시작한다.

GW 13 / 225

쓸모 있는 사람은 항상 위험에 처해 있다
너무나 많은 이들에게 그가 필요하다.
위험을 벗어나서도 쓸모를 잃지 않은 자에게
복이 있으라.

GW 14 / 219

오랜만에 만난 어떤 사람이 코이너 씨에게 "전혀 변한 게 없으십니다." 하고 인사말을 건넸다. "아!" 하고 탄식하는 코이너 씨의 낯빛은 창백해졌다.

코이너 씨의 이야기, GW 18 / 21

자신을 변화시킨다는 것은 인간의 즐거움이다.

GW 23 / 197

Also sprach Brecht

옛것과 새것의 싸움을 서술하지만 말고 새것을 위해 싸워라.

GW 23 / 376

Also sprach Brecht

옛것은 말한다. '나는 예전부터 늘 지금 같았어.'
새것은 말한다. '넌 좋지 않아. 그러니 꺼져.'

갈릴레이의 생애, GW 5 / 211

Also sprach Brecht

우리는 사물을 인식할 수 있다. 그것을 변화시킴으로써.

GW 21 / 423

Also sprach Brecht

모순은 희망이다.

GW 23 / 293

Also sprach Brecht

세계를 '변화하고 있는' 그리고 '변화 가능한' 것으로 묘사하고자
하는 극작가는 세계의 모순을 토대로 삼아야 한다. 왜냐하면 바
로 이 모순이 세계를 변화시키고 변화 가능한 것으로 만들기 때
문이다.

GW 23 / 381

Also sprach Brecht

불의는 인간적이다.
그러나 더 인간적인 것은
불의에 맞서 싸우는 것이다!

GW 10 / 400

Also sprach Brecht

불의를 저지르는 것이 옳지 않다고 강조하는 일보다 더 중요한 것은
불의를 묵과하는 것이 옳지 않다고 강조하는 일이다.
불의를 저지를 수 있는 사람은 적지만
불의를 묵과할 수 있는 사람은 많다.

메티:전환의 책, GW 18 / 87

Also sprach Brecht

우리가 인간성을 원한다면 인간적인 환경을 만들어야 한다.

일지, GW 26 / 301

Also sprach Brecht

아이들의 기도

집이 불타지 않게 해주세요

폭격기가 뭔지 모르게 해주세요

밤에는 잘 수 있게 해주세요

삶이 형벌이 아니게 해주세요

엄마들이 울지 않게 해주세요

아무도 누군가를 죽이지 않게 해주세요

누구나 뭔가를 완성시키게 해주세요

그럼 모두를 믿을 수 있겠죠

젊은 사람들이 뭔가를 이루게 해주세요

늙은 사람들도 그렇게 하게 해주세요

GW 12 / 302

Also sprach Brecht

변혁은 막다른 골목에서 일어난다.

메티:전환의 책, GW 18 / 127

Also sprach Brecht

시정할 수 있는 원인에 대해서는 말하지 않으면서
폐단에 대해 불평만 하는 사람들은 해로운 존재일 수 있다.

메티:전환의 책, GW 18 / 87

Also sprach Brecht

인간은 긴급 상황이 닥쳐야만 새로운 것에 몸을 던진다.

GW 23 / 36

324

Also sprach Brecht

코이너 씨는 어떤 골짜기를 지나다가 불현듯 발이 물에 잠기는 것을 느꼈다. 그는 골짜기가 실은 하나의 만이며, 밀물 때가 닥쳐왔음을 알게 됐다. 그는 즉시 멈춰 서서 주위에 나룻배 한 척이 없을까 둘러보았다. 그렇게 배가 있길 바라는 동안 그는 거기 서 있었다. 그러나 배가 전혀 눈에 띄지 않았으므로 그는 이런 희망을 버리고 물이 더 이상 불지 않기를 바랐다. 물이 목까지 찼을 때 그는 이것도 포기하고 헤엄을 쳤다. 그는 자신이 하나의 배라는 걸 깨달았다.

코이너 씨의 이야기, GW 19 / 22

브레히트

Also sprach Brecht

나는 도와주려는 마음만 생기고 분노로 변하지 않는 연민을 무가
치하게 생각한다.

GW 23 / 100

Also sprach Brecht

이봐요, 부인, 모든 연민은 거짓입니다.
붉은 분노로 변하지 않는다면
마침내 인류의 살 속에서
이 오래된 가시가 뽑힐 때까지
멈추지 않는 분노.

GW 12 / 246

브
레
히
트

Also sprach Brecht

우리는 분명히 요구합니다.
늘 일어나는 일이라고 해서 그것을 자연스러운 것으로 받아들이
지 마십시오.

GW 3 / 237

Also sprach Brecht

폭력이 지배하는 곳에서는 오직 폭력만이 답이다.
인간이 사는 곳에서는 오직 인간만이 답이다.

도살장의 성 요한나, GW 3 / 224

Also sprach Brecht

우리는 우리가 사는 이 시대가 투사들에게 더할 나위 없이 훌륭
한 시대라는 데 늘 공감했다. 어떤 시대가 이성에게 이 같은 기회
를 주었던가? 어떤 시대에서 투쟁이 이토록 보람 있었던가?

GW 23 / 9

당신들의 보고는 세상을 변혁하는 일이
얼마나 필요한지 보여준다.
분노와 끈기, 앎과 격분
신속한 행동, 깊은 모색
냉정한 인내, 무한한 기다림
세밀한 파악과 전체의 이해:
오직 현실을 스승으로 삼아야만
우리는 현실을 변화시킬 수 있다.

조치, GW 3 / 125

Also sprach Brecht

내가 너를 내 몸 안에 가졌을 때
우리 형편은 정말 좋지 않았어
난 자주 말했지. 내가 품고 있는 이 아이는
나쁜 세상에 나오는구나.

나는 결심했지 그가 우리처럼 또
속지는 않도록 하겠다고.
내가 품은 그는 세상이 꼭
더 좋은 세상이 오도록 도와야 하리.
(…)
내가 너를 내 몸 안에 가졌을 때
난 자주 내 안에다 조용히 말했지
내가 내 몸 안에 품고 있는 너는
중간에 멈추면 안 된다고.

GW 11 / 206

Also sprach Brecht

내 아들아, 너와 나 그리고 우리 같은 사람들은 모두
한데 뭉쳐야 해. 그리고 이뤄야 해
더 이상 이 세상에 두 종류의 인간이 없도록.

GW 11 / 209

Also sprach Brecht

나는 학문의 유일한 목표가 인간이 살면서 겪는 노고를 덜어주는
데 있다고 생각한다.

갈릴레이의 생애, GW 5 / 284

Also sprach Brecht

학문과 예술은 모두 인간의 삶을 윤택하게 해주는 데 목적이 있다. 전자는 인간의 생계를 위해, 후자는 여흥을 위해.

GW 23 / 73

브레히트

Also sprach Brecht

진정한 진보는 '앞서 있는 것'이 아니라 '앞으로 나아가는 것'이다. 진정한 진보는 합류한 세력들을 넓은 전선에서 함께 움직이게 하면서, 앞으로 나아갈 수 있도록 해주거나 기어이 나아가도록 만드는 것이다. 진정한 진보의 원인은 '지금 더는 지속될 수 없는 상태'이고, 그 결과로 변화가 일어난다.

GW 24 / 83

Also sprach Brecht

자연을 다양하고 광범위하게 변화시키는 우리 시대의 즐거움 중
하나는 우리가 모든 것에 개입할 수 있다고 파악하는 것이다. 말
하자면, 인간 속에는 많은 것이 있으니 거기에서 많은 것을 끌어
낼 수 있다. 현재의 인간이 앞으로도 변하지 않는다는 보장은 없
다. 우리는 인간의 현재뿐만 아니라 앞으로 어떻게 될 수 있는지
도 관찰할 수 있다.

GW 23 / 82

Also sprach Brecht

자유주의 이념이 실현될 수 없는 환경은 그대로 놔둔 채, 이념만을 갖도록 유럽 민족들을 교육시키는 것은 결핵 환자에게 약도 주지 않으면서 기침하지 말라고 말하는 것과 똑같다.

GW 23 / 34

변혁의 시대에는 두렵지만 결실을 약속하는, 몰락하는 계급의 밤
과 상승하는 계급의 새벽이 만난다. 이것은 미네르바의 부엉이가
비행을 시작하는 여명이다.

GW 23 / 290

Also sprach Brecht

세상을 바꿀 수 있는 것은 세상의 모순 때문이다. 모든 일과 사물과 사람에는 그것들을 지금의 상태로 만드는 무언가가 있고, 동시에 다르게 만드는 무언가가 있다. 왜냐면 그것들은 발전해나가고 머물러 있지 않으며 못 알아볼 정도로 변화한다. 지금 있는 것들 안에는 '아무도 모르게' 다른 것, 그 이전의 것, 현재에 적대적인 것을 품고 있기 때문이다.

GW 23 / 301

Also sprach Brecht

네 생각엔 뭐가 더 쉽게 바뀔 것 같니?
바위일까? 아니면 그에 대한 너의 생각일까?

GW 13 / 335

Also sprach Brecht

남들이 자기의 치욕에 대해 떠들건 말건
난 나의 치욕에 대해 말할 거다.

GW 11 / 253

Also sprach Brecht

노아의 홍수도
영원하지 않았다.
한때 시커멓게 넘치던 홍수도
흘러 없어졌다
물론, 살아남은 사람들도
별로 없었다.

GW 12 / 315

Also sprach Brecht

결과 없는 선의! 남들은 모를 자기만의 신념!
내가 바꾸어놓은 것은 아무것도 없다.
아무 두려움 없이 재빨리 이 세상에서 사라지면서
너희에게 말한다.
너희가 이 세상을 떠나면서
착하게 살았다는 말뿐 아니라
좋은 세상을 남기도록 하라!

도살장의 성 요한나, GW 3/222

K씨는 친절을 아주 중히 여겼다. 그는 말했다. "친절이라는 이름 하에 누군가를 먹여 살리는 것, 누군가를 그의 가능성으로 평가 하지 않는 것, 나에게 친절하다고 무조건 그를 친절하게만 대하 는 것, 어떤 사람이 뜨거울 때 그를 차갑게 관찰하는 것, 그가 차 가울 때 뜨겁게 관찰하는 것, 그건 친절이 아닙니다."

GW 25 / 26

브레히트

Also sprach Brecht

코이너 씨는 이렇게 말했다. "나도 언젠가 귀족적인(여러분도 알다시피 반듯하고 꼿꼿하고 거만하게 고개를 뒤로 젖힌) 자세를 취한 적이 있지요. 왜냐하면 나는 불어나는 물속에 서 있었기 때문입니다. 물이 턱까지 찼을 때 나는 이런 자세를 취했지요."

코이너 씨의 이야기, GW 13 / 24

때때로 코이너 씨는 사치 때문에 여자 친구를 나무랐다. 언젠가 그는 그녀의 집에서 네 켤레의 구두를 발견했다. 그녀는 "나는 네 종류의 발을 가지고 있거든요" 하고 변명했다.

그러자 코이너 씨는 껄껄 웃으며 이렇게 물었다. "한 켤레가 망가지면 어떻게 하죠?" 그러자 그녀는 그가 아직도 완전히 알아듣지 못했다는 것을 깨닫고는 이렇게 말했다. "착각했어요. 난 다섯 종류의 발을 가지고 있어요." 그러자 그도 마침내 무슨 얘기인지를 알게 되었다.

코이너 씨의 이야기, GW 14 / 23

Also sprach Brecht

공원을 생각하면 원시림이 떠오른다.

공원은 길들여진 원시림이다. 강제가 사라지면 공원은 다시 원시림이 된다.

둘 다 사라질 수도 있다. 지금 그렇게 되고 있는 중이다.

GW 23 / 361

Also sprach Brecht

자연에 대해 호들갑을 떠는 것은 도시가 살 만하지 못하기 때문
이다.

일지, GW 26 / 237

'같이 낚시하러 갈래?'
낚시꾼이 미끼에게 물었다.

둥근 머리와 **뽀족** 머리, GW 4 / 173

Also sprach Brecht

비는 위에서 아래로 내리고
이 더하기 이는 사
이기는 사람은 다른 사람
지는 사람은 우리

GW 15 / 83

◆ Also sprach Brecht

브레히트는 이렇게 말했다

2013년 4월 01일 1판 1쇄 찍음
2013년 4월 08일 1판 1쇄 펴냄

지은이 ┃ 베르톨트 브레히트
편역 ┃ 마성일
기획 ┃ 정인회
펴낸이 ┃ 손택수
편집 ┃ 이상현, 이호석, 임아진
디자인 ┃ 김현주
관리·영업 ┃ 김태일, 이용회

펴낸곳 ┃ (주)실천문학
등록 ┃ 10-1221호(1995.10.26.)
주소 ┃ 우121-839, 서울시 마포구 서교동 478-3 동궁빌딩 501호
전화 ┃ 322-2161~5
팩스 ┃ 322-2166
홈페이지 ┃ www.silcheon.com

ⓒ 실천문학, 2013
ISBN 978-89-98949-02-0 04850
ISBN 978-89-98949-00-6 (세트)

'책 읽는 오두막'은 실천문학사의 교양 에세이 전문 브랜드입니다.

이 도서의 국립중앙도서관 출판시도서목록(CIP)은 e-CIP홈페이지(http://www.nl.go.kr/ecip)와
국가자료공동목록시스템(http://www.nl.go.kr/ kolisnet)에서 이용하실 수 있습니다.
(CIP제어번호:CIP2013001825)